KB155882

무미건조한 오트밀에

레몬식초 2큰술을 더한 하루

87SAI, FURUIDANCHI DE TANOSHIMU HITORI NO KURASHI
by **Michiko Tara**

Original Japanese edition published by Subarusya Corporation

This Koean edition published by arrangement with Subarusya Corporation, Tokyo,
through Office Sakai and BC Agency

무미건조한 오트밀에 레몬식초 2큰술을 더한 하루

타라 미치코 지음
김지혜 옮김

THE NAN

머리말

마지막이 언제일지 모르지만 살아 있는 동안은

지금 87세인 저는 55년 된 서민 아파트에서 혼자 살고 있습니다. 예전에는 다섯 가족이 함께 살았는데, 딸 하나와 아들 둘은 오래전 독립했고 남편은 7년 전에 세상을 떠났어요.

나가사키에서 8남매의 일곱째로 태어났고 초등학교 5학년 때 원폭 피해를 입었습니다. 다행히 아픈 곳 없이 자라서 회사에 다니다 스물일곱 살에 결혼했지요. 전처를 먼저 떠나보내고 혼자가 된 남편에게는 딸이 하나 있었어요.

결혼 후에는 주부로서 집안일을 도맡아 했고, 아이들이 어느 정도 자라고 나서는 취미 생활, 봉사활동, 아르바이트 등을 하며 지냈습니다.

그러다 2020년, 당시 중학생이던 손자(둘째 아들의 아들)와 〈Earth 할머니 채널〉이라는 유튜브를 시작했습니다. 85세에 유튜버로 데뷔한 것이지요.

손자와 함께 촬영하는 영상은 제 일상생활을 담은 것입니다. 처음에는 구독자가 가족뿐이었어요. 그것만으로도 무척 만족스러웠는데 두 달 후에는 구독자가 1만 명이 됐습니다.

그 후로도 구독자가 계속 늘어나더니 벌써 6만 명(2022년 12월 15만 명)이 넘었습니다. 놀랍게도 '온라인 집들이' 영상은 누적 조회 수가 160만 회(2022년 12월 240만 회)를 넘었어요.

그리고 더욱 놀라운 일이 벌어졌습니다. 제 일상생활을 "책으로 내보면 어떨까요?"라는 제안이 들어온 것입니다. '내가 책을 쓸 수 있을까?'라는 걱정이 앞섰지만, '87년간 살아온 삶에 대한 보상이겠지'라는 생각이 들어 제안을 감사히 받아들이기로 했습니다.

이 책에는 유튜브에서 다 소개하지 못한 제 일상을 담았어요.

남편을 먼저 떠나보내고 '나도 언제 죽을지 모르니 살아 있는 동안 즐겁게 지내야겠다'라고 생각했어요. 혼자라서 외로운 삶이 아니라 혼자라는 자유를 만끽하는 삶을 살기로 결심했지요.

24시간을 원하는 대로 쓸 수 있고 인테리어도 마음대로 바꿀 수 있답니다. 여든 살에 생에 처음으로 귀를 뚫기도 했고 홀로 영국 패키지 여행을 떠나기도 했어요.

물론 할 수 없는 일도 늘어나긴 했지요. 아침 루틴인 30분 걷기는 요즘 부쩍 몸이 힘들어져서 10~15분으로 시간을 줄였어요.

하지만 나이 들어가면서 나타나는 자연스러운 현상이

니 어쩔 수 없다고 생각해요. 이런 당연한 현상을 받아들이고 제가 할 수 있는 일을 해나가기로 마음먹었어요. 앞으로도 제 나름대로 건강하고 즐겁게 혼자 살아갈 생각입니다.

이 책이 독자 여러분의 앞날에 조금이라도 도움이 되길 바랍니다.

타라 미치코

차례

chapter 2

나이 들수록 간단하게 그러나 품격을 잃지 않는 한 끼를

chapter 3

무리하지 말고 내 몸이 할 수 있는 딱 그만큼

chapter 4

소소한 삶에 작은 변화도 큰 즐거움입니다

chapter 5

너무 가깝지도, 너무 멀지도 않게 딱 적당한 거리

chapter 6

집도, 재산도 없지만 행복하게 살았습니다

chapter 7

늘 그래 왔듯이 지금을 즐기려 합니다

chapter 1

혼자라서

외로운 게 아니라

혼자라서

자유롭게

집은 낡고 오래된 나만의 성입니다

저는 1934년 12월, 나가사키에서 태어났습니다. 8남매 중 일곱째였죠. 첫째인 오빠 하나에 나머지 일곱은 딸입니다. 제 밑으로는 여덟 살 터울의 여동생이 있어요. 아버지는 과일 도매와 소매를 하시며 생계를 꾸려나가셨죠. 어릴 때 우리 가족은 할머니까지 모두 11명이 함께 살았답니다.

제가 5학년 때 나가사키에 원자폭탄이 떨어졌고 태평양전쟁이 끝났습니다. 저는 피폭자 건강수첩이 교부된 원폭 피해자이지만 다행히 87세를 맞이한 지금까지 큰 병치레 없이 건강하게 살아왔습니다.

하나뿐인 오빠는 전쟁에 소집되어 전사했습니다. 어머니도 전쟁이 끝난 이듬해에 42세의 나이로 돌아가셨죠. 자궁암이었어요. 암 진단을 받고 바로 수술했지만 결국 세상을 떠났습니다.

전쟁이 끝난 후 아버지 혼자 남겨진 우리 일곱 자매를 키웠습니다. 요리를 잘하시는 아버지는 매일 저녁을 직접 만드셨어요. 대가족이다 보니 끼니마다 준비해야 하는 음식의 양도 엄청났지요. 식탁에 그릇이 줄지어 있던 풍경이 지금도 생생하게 떠오릅니다.

당시에 이미 성인이 된 큰언니를 비롯해 나머지 언니들이 저와 막냇동생을 돌봤습니다. 저는 언니들이 키운 것이나 다름없답니다.

집 안이 항상 북적거렸기에 어머니와 오빠가 세상을 떠난 후에도 외로움을 느끼지는 않았습니다. 오히려 대가족이라 나만의 방이나 사생활이 전혀 없어서 항상 혼자 살아보고 싶었습니다.

고등학교를 졸업한 후에는 혼자 오사카로 돈을 벌러 떠났습니다. 20대 초반까지 그곳에서 보람찬 나날을 보냈어요. 그런데 나가사키의 본가에 살던 언니들이 모두 시집을 가고 아버지와 아직 10대인 여동생만 남게 되었어요. 제가 집안을 돌봐야 하는 상황이었죠. 그래서 회사를 그만두고 나가사키로 돌아가게 되었습니다.

고향으로 돌아가 그곳 회사에 취직해서 일하다 남편을 만났습니다. 남편은 아홉 살 연상이었고, 세상을 떠난 전

처와 사이에서 열 살짜리 딸이 하나 있었습니다. 같은 회사에서 일하며 남편의 온화한 됨됨이에 끌려 결혼을 결심했지요.

처음에는 온 가족이 격렬하게 반대했어요. 하지만 언니 한 명이 응원해줘서 결혼할 수 있었습니다. 스물일곱 살 때의 일입니다.

결혼 초에 남편이 일하던 나가사키의 회사가 도산했습니다. 후쿠오카에 있는 회사로 이직했지만 거기도 도산했지요. 그 후에 아주버님의 소개로 가나가와현에 있는 회사에 들어갔습니다.

그동안 맏아들과 둘째 아들이 태어났고, 1967년에 지금 사는 아파트 단지로 다섯 가족이 이사를 왔어요. 이 아파트로 이사 온 이후로 지금까지 55년이 지나는 동안 아이들은 모두 자라서 독립하고 남편도 먼저 세상을 떠났습니다. 하지만 저는 여전히 이 아파트 단지의 같은 집에 살고 있답니다.

집 구조는 방 3개에 부엌 겸 거실이 있고 평수는 대략 15평 정도예요. 혼자 살기에는 충분한 넓이지만, 다섯 가족이 살 때는 몹시 좁았습니다. 하지만 저는 집 안 구석구석 '눈길이 닿는' 크기가 오히려 좋았습니다.

나가사키에서는 넓은 집에 살았지만, 청소하기도 힘들고 가족이 모두 따로 노는 느낌이었어요. 그래서 가족이 어디서 무얼 하는지 한눈에 알 수 있는 크기의 집이 무척 마음에 들었답니다. 더 넓은 곳으로 이사하고 싶다고 생각한 적은 한 번도 없어요.

입주했을 때는 신축 아파트였지만 반세기가 지나면서 집도 많이 낡았습니다. 하지만 계속 살면서 가꿔온 집이기에 깊은 애정을 가지고 있어요. 오래된 이 집은 다른 어떤 곳보다 멋진 저만의 '성'이랍니다.

생의 마지막 순간
머물고 싶은 곳

남편은 88세에 세상을 떠났습니다. 그때 저는 79세였지요.

어느 날 저녁 쿵 하고 무언가 떨어지는 소리가 들려서 달려가 보니 화장실 앞에 남편이 쓰러져 있었어요.

구급차로 근처 큰 병원으로 이송했습니다. 의사는 "심장 옆의 혈관이 파열되어 의식을 잃으신 듯합니다. 바로 수술하지 않으면 사흘을 넘기기 힘듭니다"라고 말했습니다.

곧장 다른 병원으로 옮겨서 수술을 진행했습니다. 수술은 성공했지만 남편은 입원 중에 차츰 입맛을 잃어가더니 "집에 가고 싶어"라는 말을 반복했어요. 의사도 "집에서 먹고 싶은 음식을 드시는 편이 좋을 듯합니다"라고 권하기에 3주 만에 퇴원했어요. 저는 이때 '떠날 날이 다가오는구나'라

고 직감하고 각오를 다졌습니다.

퇴원 후 혼자 힘으로 걸을 수 없었던 남편은 통원 진료를 받기가 어려웠습니다. 그래서 돌봄 서비스 회사와 상담하고 재택 진료가 가능한 병원을 소개받았어요. 의사 선생님은 사흘에 한 번씩 왕진을 오셨습니다.

남편은 집에 돌아왔지만 더 이상 딱딱한 음식을 먹을 수 없었어요. 외손자가 병문안을 왔을 때 "단백질 파우더가 도움이 될 거예요"라고 말해줘서 스무디에 추가하기로 했답니다. 아마도 이 단백질 파우더가 연명에 도움이 된 듯해요. 물론 누워 있는 날이 훨씬 많았지만, 제가 부축하면 혼자서 화장실도 갈 수 있었습니다.

세상을 떠나기 3일 전에는 잠자는 시간이 부쩍 늘어났습니다. 왕진하러 오신 의사 선생님께서 "떠나실 때가 된 듯합니다. 자녀들에게 알려주세요"라고 말씀하셨죠. 그렇게 해서 아이들이 한자리에 모였습니다.

편안한 얼굴로 잠든 남편을 곁에서 지켜보고 있는데, 맏아들이 "숨소리가 바뀌었어요"라고 말했습니다. 다 같이 "아빠!"라고 부르자 남편은 눈을 동그랗게 뜨고 심호흡을 세 번 하고 나서는 숨을 거뒀습니다.

쓰러진 후부터 세상을 떠날 때까지 약 50일이라는 시간을 보내고, 정말 잠자듯이 편안하게 생의 마지막을 맞이했습니다. 집에서 간호하다 떠나보냈기에 '최선을 다했다'는 안도감이 있었어요. 미련이 남지 않아서인지 묘하게도 '외롭다'는 느낌은 없었답니다.

매일 아침 일어나자마자 남편의 위패가 모셔진 불단의 물을 갈아주고 두 손 모아 인사해요. 꽃도 항상 장식해두지요. 매일 무슨 일이 있었는지 이야기하고 "우리 아이들을 지켜줘요"라고 부탁합니다.

저도 남편처럼 이 집에서 평온한 마지막을 맞이하고 싶어요.

혼자 보내는 시간, 나에게 위로를 주었던 것들

혼자 산 지 7년이 됐지만 외롭지는 않습니다.

어릴 때부터 부끄럼이 많아 학교에서도 친구에게 먼저 말을 거는 법이 없었어요. 집에서도 어머니 곁에서 종일 뜨개질하는 아이였어요. 혼자서 할 수 있는 일을 좋아했고, 특히 책은 몇 시간씩 읽어도 질리지 않았죠.

규슈에서 가나가와로 이사 왔을 당시에는 주변에 아는 사람이 없었어요. 새로운 지역에 좀처럼 적응하지 못하고 제 마음은 항상 고향인 나가사키에 머물렀지요. 가나가와를 잠시 스쳐 가는 곳이라 여겼어요. 그런 가운데 인테리어를 바꾸거나 뜨개질, 바느질, 요리, 책 읽기 등을 하며 혼자 보내는 시간이 마음의 위로가 되었답니다. 집 안에는 저만의 세계가 있었거든요.

겨우 이곳 생활에 적응되어 '규슈에는 돌아가지 않을 거야. 여기서 열심히 살아야지'라고 생각했을 때는 벌써 10년이 지나 있었어요. 그때부터 수채화 등 새로운 것들을 배우며 조금씩 바깥세상으로 활동 영역을 넓혀가기 시작했지요. 하지만 여전히 혼자 꾸준히 할 수 있는 취미를 선택하는 것을 보면 역시 저는 혼자만의 시간을 좋아하는 편인 듯해요.

코로나19 때문에 외출을 자제해야 하는 상황도 전혀 힘들지 않았어요. 유튜브 시청, 옛날 영화 감상, 독서, 바느질과 뜨개질 등 하고 싶은 일이 잔뜩 있었기에 집에서 나 혼자만의 시간을 즐길 수 있었지요.

어릴 때 전쟁을 경험한 탓인지 사람은 먹을 것만 있으면 어떻게든 살아갈 수 있다고 생각하는 편이에요. 외출을 자제해야 했지만 음식이 부족할 일은 없었기에 감사할 따름이었죠.

열 살 때 전쟁이 끝났지만 한창 성장기에 늘 배가 고팠어요. 묽은 죽을 온 가족이 나눠 먹어야 할 때도 있었죠. 집집마다 알아서 식료품을 조달해야 했기에 근처 공원에 텃밭을 일궈 채소를 키우기도 했어요.

코로나19로 외출할 수 없었던 기간에는 집 안에서 홀로 지내며 주변의 생활환경을 돌아보는 계기가 됐어요.

'일찍 자면 전기를 아낄 수 있지 않을까?', '편의점이 있는 곳에는 전기를 사용하는 자판기가 필요 없지 않을까?' 등 다시금 에너지와 식량에 대해 생각하게 됐지요.

바쁜 나날을 보내면 천천히 생각할 틈이 없으니 제게는 더없이 소중한 시간이었어요.

캠핑용 간이 의자를 거실에 놓고 사용합니다.
가볍고 옮기기도 쉬워서 마음에 들어요.
볕이 잘 드는 날은 창가에 가져다 두고 앉아서
독서를 즐기지요.

살아 있음을 느끼게 해주는 사람들

집에서 혼자만의 시간을 즐기는 편이지만 종종 취미 생활을 하기 위해 외출한답니다. 코로나19로 오래 쉬었지만 하나둘 수업이 다시 시작되고 있어요.

집에서 가장 가까운 역 근처의 빌딩에 마련된 고령자 커뮤니티를 적극적으로 활용하는 편입니다. 지역 NPO 법인이 운영하는 곳이에요. 돌봄 예방 활동 지원 사업의 일환으로 다양한 수업과 취미 모임을 열고 있어요. 참가비는 하루에 1천 엔(약 1만 원)이고 점심까지 준답니다(현재는 코로나19로 인해 각자 점심을 가져오고 참가비는 1일 500엔으로 변경됐다).

저는 그림엽서, 불경 필사, 마작, 기모노 리폼 수업을 듣고 있어요. 부족한 실력이지만 그림엽서 수업에서 한 달에 한 번씩 선생님이 되어 가르치기도 한답니다. 선생님이라고 해봤자 가벼운 조언을 건네는 수준에 불과해요. 붓을 잡는 법, 색칠하는 법 등을 조금씩 알려주고 있어요.

수강생들은 대부분 수업을 오래 들었기 때문에 굳이 제가 가르쳐줄 필요는 없지만, 다들 "조언을 들으면 의욕이 생긴다"고 말해주어서 계속 지도하고 있어요.

불경 필사는 현재 선생님이 안 계십니다. 수업을 담당하던 서예 선생님이 돌아가신 후 수강생들이 자발적으로 한 달에 한 번씩 모여서 필사를 이어가고 있어요. 수강생이 모두 여성이고 연령대가 비슷하다 보니 즐겁게 수다를 떨면서 필사를 한답니다.

"자위대는 뭐 하는 곳이야?" 같은 정치적인 이야기부터 "어떤 마지막을 맞이하고 싶어?" 같은 삶의 방향에 관한 이야기까지 대화 주제는 다양합니다. 예전에는 손을 아예 멈추고 수다를 떨었지만, 지금은 필사하며 수다를 떨 수 있는 수준이 됐어요.

마작은 예전에 가족과 함께 즐겼던 기억이 있고 뇌 운동에도 좋을 것 같아서 하고 있어요. 매주 수업이 있지만 저는 한 달에 세 번만 참석한답니다. 이 수업은 남성들이 대부분이라 색다른 분위기를 즐길 수 있어요.

시민 센터에서 열리는 노래 교실도 다닌답니다. 목소리를 내면 스트레스가 해소돼서 속이 시원해지거든요. 한동안 휴강하다 월 2회를 월 1회로 줄여서 다시 수업이 시작됐어요.

이렇게 써놓고 보니 이것저것 하는 것이 많네요. 하지만 딱히 돈이 많이 드는 취미도 아니고 참석 횟수도 많지 않아요. 굳이 따지자면 일주일에 한 번 정도 참석하고 있는데, 저는 이 정도가 딱 좋아요.

'노인 친구'는 든든한 동료랍니다. 비슷한 세대이기에 나눌 수 있는 이야기, 서로 공감할 수 있는 부분이 있어요. 게다가 이런 취미 생활은 정보를 교환하는 장이 되기도 한답니다. 아주 친밀한 사이가 아니더라도 다른 수업을 듣는 수강생들과 대화를 나누는 것 자체만으로 기분 전환이 되어 생활에 활력을 가져다주죠.

집 근처 골동품 가게에서 산 램프를
침실에 놓아두었어요.
너무 밝아서 눈이 부시기에
그림엽서 수업에 그린 그림을 붙여두었죠.

85세에도 새로운 세상을 만날 수 있습니다

중학생이던 손자가 유튜브를 보고 있길래 저도 옆에서 보는 방법을 배웠어요. 예전부터 인테리어를 좋아해서 다양한 온라인 집들이 영상을 실컷 봤죠. 그러다 '나도 해볼까?'라는 생각이 들어 컴퓨터를 잘 다루는 손자에게 이야기를 꺼냈어요. 그렇게 우리 둘이 유튜브를 시작하게 됐지요.

초기 영상은 코로나19 때문에 좀처럼 만나지 못하는 친척들에게 보내는 일종의 편지였어요. 또 그림엽서나 수채화, 몰라(파나마 전통 수공예) 등의 작품을 영상으로 남기면, 제가 세상을 떠난 후에도 자식들이 가끔 보면서 추억해줄지 모른다는 생각도 있었지요.

"할머니 같이해요"라고 손자가 말해줬을 때는 정말 기뻤답니다. 손자는 제 둘째 아들의 자녀예요. 둘째 아들은 몇 년 전에 싱글 파더가 됐어요. 많은 일이 있었기에 손자도 힘든 시기를 거쳤지만, 지금은 모두 극복하고 남자 둘이 열심히 살고 있어요.

맏딸과 맏아들의 자녀들은 모두 사회인이 됐어요. 지금으로서는 고등학생인 손자가 앞날이 걱정되면서도 앞으로의 성장이 기대됩니다.

'유튜브가 특기를 키워나가는 계기가 되었으면' 하는 바람이에요.

2020년 8월 처음 유튜브를 시작했을 당시에는 구독자가 가족과 친척뿐이었어요. 그러다 두 달 후에 올린 '온라인 집들이' 영상의 조회 수가 160만 회까지 올라가면서 구독자 수가 갑자기 늘어났지요.

1년 반이 지난 지금은 구독자가 6만 명이 넘어요. 55세 이상의 여성이 대부분이라고 해요. 저도 손자도 깜짝 놀랐고, 많은 분들이 봐주셔서 정말 감사할 따름입니다.

20여 년 전에 교토로 이사 간 그림엽서 선생님이 "힘이 나는 영상이에요"라고 엽서를 보내주기도 했어요. '나를 기억하고 계셨구나'라고 감동하며 곧바로 답장을 보냈지요.

매년 직접 그린 그림엽서를 가지고 달력을 만드는데,

재작년에는 저의 유튜브 구독자들에게 이 달력을 선물하기도 했어요.

그해에 그린 그림엽서 중에 12장을 골라 복사하고 손수 적은 날짜와 조합해, 집에서 쓸 달력과 자식들에게 줄 달력을 4개 만들었어요. 같은 달력을 10명에게 선물한다고 유튜브에서 알렸더니 응모자가 100명이 넘었어요.

'정말로 응모하는 사람이 있을까?'라고 생각했는데, 많은 분들이 참여해주셔서 정말 기뻤습니다. 손자가 추첨하고 둘째 아들의 도움을 받아 당첨된 분들께 달력을 보냈어요.

당첨자 중에 유튜브를 하는 분이 계셨어요. 그분이 자신의 유튜브 채널에서 달력을 소개해주셨답니다. 내레이션이 인상적이고 멋진 영상을 만드는 분이에요. 이러한 영상을 통한 교류도 제게는 큰 즐거움으로 다가옵니다.

작년 말에도 달력을 선물했고, 감사하게도 역시나 많은 분들이 응모해주셨어요.

혼자 아이를 키우는 싱글 파더인 둘째 아들이 저녁을 만들 때 유튜브가 도움된다는 말을 듣고 뜻밖이었어요. 제 유튜브에서 햄버그 스테이크나 카레 만들기 영상을 보며 따라 만든다고 하더군요. 아들은 지금까지 거의 요리를 해본 적이 없는데 "동영상이라서 이해하기 쉬워"라며 의욕을 불태우고 있답니다.

85세에 처음 시작한 유튜브가 다양한 사람들과 저를 이어줬어요. 그리고 둘째 아들과 손자에게 힘이 될 수 있어서 기쁘기도 하고요. 앞으로도 손자와 둘이서 계속 영상을 만들고 싶어요.

유튜브 영상 촬영 모습.
주로 손자가 어떤 내용을 담을지 구상하고
저도 아이디어를 내면서 영상의 구성을 짭니다.

할 수 없는 일이 늘어나도
할 수 있는 일을 즐깁니다

매일 밤, 잠들 때가 가장 행복해요. 오늘도 건강한 몸으로 하루를 보낼 수 있었고, 비바람을 피할 집이 있고, 따뜻하게 몸을 누일 침대가 있어서 정말 감사하지요.

확실히 나이가 들기는 했어요. 작년에는 두 번이나 넘어져 크게 다쳤거든요. 이런 일은 처음이어서 무척 충격이 컸지요. 이제 큰 청소기가 무겁게 느껴져 쓸 수가 없어요. 요리와 식도락이 삶의 큰 즐거움이었는데 식욕이 줄어서 음식도 많이 먹을 수 없답니다.

당연했던 일들이 매일 조금씩 어려워지는 것을 느껴요. 하지만 어쩔 수 없어요. 어떻게 할 수 없는 일은 포기해야지요. 대신 아직 할 수 있는 일을 즐기면 됩니다.

지금까지 살아오면서 가장 괴로웠던 시기는 역시 전쟁 당시와 전쟁이 끝난 후였어요. 먹을 것도, 입을 옷도 없었지요. 항상 배를 곯았어요. 오빠는 전쟁에 나가서 죽고 어머니도 전쟁이 끝난 이듬해에 암으로 돌아가셨어요. 그 시절에 비하면 지금은 천국이에요.

남편과 갓 결혼했을 무렵에도 무척 힘들었어요. 1960년대는 경기가 불안정해서 남편이 일하던 회사가 잇달아 도산했어요. 규슈에서 간토로 이사한 것도 남편이 회사를 옮겼기 때문이었죠.

아이들이 태어나 다섯 식구가 됐을 때는 자식들을 건사할 수 있을지 걱정해야 하는 상황이었지요.

하지만 저는 크게 좌절하지 않았어요. 친정이 장사를 한 덕분에 좋은 시기도 겪고 힘든 시기도 겪어봤거든요. 전쟁을 경험하며 살아왔으니, 당장 주어진 것으로 어떻게든 헤쳐나갈 수 있었죠.

생각해보니 이런 일도 있었어요. 남편과 먼저 세상을 떠난 진처 사이에는 열 살 난 딸이 하나 있었습니다. 저와 결혼하기 전에 남편은 딸과 시어머니와 함께 셋이 살았어요. 그 집에 제가 새어머니로 들어가게 됐으니 그 딸의 마음이 복잡했겠지요. 딸에게 어머니 역할을 대신하던 시어머니도 비슷한 상황이었어요.

그 후에 저도 아이들을 낳았어요. 저는 시어머니와 의붓딸에게 신경 쓰느라 아들들을 돌보기가 힘들었어요. 날이 갈수록 괴로움이 커져서 남편에게 "우리 다섯 식구만 따로 나가 살았으면 해요"라고 털어놓았어요.

처음에는 주변의 시선을 걱정하던 남편도 제 의지가 확고하다는 것을 깨닫고 근처에 집을 하나 얻었어요.

물리적인 거리가 생기자 시어머니와 관계도 좋아졌답니다. 딸도 새로운 가족에게 천천히 적응하기 시작했고, 가나가와로 이사할 무렵에는 든든한 내 편이 됐지요.

물론 반항하던 시기도 있었지만 오랜 시간이 지나고 속내를 털어놓을 수 있는 진짜 모녀가 됐어요. 딸은 두 아들과도 사이가 좋아요. 남편의 장례식 때는 딸과 맏아들이 일을 전부 도맡아준 덕분에 저는 아무것도 할 필요가 없었어요.

많은 일이 있었지만 행복한 87년이었습니다. 저는 감당할 수 있는 만큼만 노력하고 나만의 속도를 유지하며 살아가려고 했어요. 언제나 '즐기지 않으면 손해'라는 마음가짐으로 살기에 힘들 때도 즐거움을 발견할 수 있는 것인지도 몰라요.

돌아보면 항상 지금이 가장 행복합니다.

마지막 순간까지 혼자 살아도 괜찮습니다

아흔을 바라보는 나이이다 보니 종종 '마지막'에 대해 생각합니다. 남편은 이 집에서 평온하게 마지막을 맞이했어요. 가능하다면 저도 이 집에서 마지막을 맞이하고 싶어요.

치매에 걸려 판단력이 흐려지면 어쩔 수 없이 자식들의 결정을 따르겠지만, 제 의지로 결정할 수 있는 동안에는 요양시설에 가지 않고 이 집에서 혼자 살고 싶어요. 이것이 지금 저의 가장 큰 바람이에요.

맏아들은 함께 살자고 말해요. 마음은 고맙지만 저는 그럴 생각이 없어요. 오랜 시간을 보냈기에 어디에 뭐가 있는지 눈 감고도 찾을 수 있는 이 집에서 느긋하게 살고 싶어요. 제가 쌓아온 사람들과의 관계도 이곳에 뿌리내리고 있고요.

떨어져 살수록 좋아지는 관계도 있는 법이지요. 특히 며느리와 함께 살면 서로 불편하기 마련이니까요.

예를 들어 며느리가 친정에 가고 싶어도 제가 집에 있으면 그러기가 쉽지 않지요. 그런 불편한 점이 쌓이다 보면 상대방을 대할 때 마음의 여유가 사라지고 말죠.

며느리는 좋은 사람이고 사이도 좋지만, 너무 가까워지면 지금의 좋은 관계가 어그러질 거예요.

저는 시어머니와 함께 살면서 그것을 느꼈어요.

"우리 다섯 식구만 따로 나가 살았으면 해요"라고 제가 고집을 부려서 시어머니와 함께 살던 집에서 분가했어요. 서로 떨어져서 살아보니 오히려 시어머니와 관계가 좋아졌지요.

미인인 데다 명석했던 시어머니는 꼭 제가 하는 말에 반대되는 의견을 내놓았어요. 자신이 보기에는 아직 어리고 무지한 저에게 이것저것 알려주고 싶은 마음에서 그랬다는 것을 지금은 충분히 이해합니다. 당시에는 항상 그런 시어머니가 불편했어요. 오히려 떨어져 살기 시작하자 자연스럽게 서로를 배려하게 됐답니다.

아무리 가족이라도 항상 곁에 머물기는 어려운 법이에요. 각자 삶의 방식을 유지하며 살다가 가끔 만나면 오히려 서로를 더 소중히 여기게 되지요. 가족 간에도 적절한 거리를 유지하는 것이 중요해요.

고등학생인 손자는 제가 사는 집을 무척 마음에 들어 하고, 여기서 살고 싶어 해요. 젊은 사람에게는 오래된 서민 아파트가 오히려 신선하게 느껴지는 듯해요. 요즘 말로 '감성 돋는다'나?

집에 빈방이 있지만 같이 살 생각은 없어요. 꼭 여기서 살고 싶으면 나중에 직접 돈을 벌어서 이 아파트 단지의 다른 집을 빌리라고 말해뒀지요.

어떤 마지막을 맞이하게 될지는 알 수 없지만 '이 집에서 마지막을 맞이하겠다'는 마음가짐으로 살고 있어요. 할 수 있는 일은 스스로 하고, 열심히 건강을 관리하며, 앞으로도 혼자 살아갈 생각입니다.

chapter 2

나이 들수록 간단하게

그러나

품격을 잃지 않는

한 끼를

가끔 한 끼에 정성을 쏟는 즐거움도 있습니다

예순다섯 살에 1년간 요리학교에 다니며 조리사 자격증을 취득했어요.

당시에 저는 사세보에 살던 넷째 언니를 암으로 떠나보내고 상당히 우울해하고 있었어요. 넷째 언니는 어린 저와 막냇동생을 특히나 예뻐했고 엄마 노릇을 해줬죠. 세상을 떠나기 3개월 전에는 사세보를 오가며 언니를 간호했어요.

언니를 떠나보내고 무척 상심한 저를 걱정하던 자식들이 "뭔가 좋아하는 일을 해보면 어떨까요?"라고 제안했지요.

언니의 죽음을 극복하기 위해 새로운 도전을 하기로 마음먹었어요. 요리 교실에 다닌 적은 있지만, 이번에는 1년 동안 제대로 배워서 조리사 자격증을 따기 위해 본격적으로 요리학교에 다녔답니다. 정신적으로 무너진 나 자신을 격려

하기 위한 선택이었어요.

1년 동안 일주일에 5일을 학교에 나갔어요. 아침부터 저녁까지 수업이 있어서 도시락도 챙겨야 했지요.

힘들었지만 무척 즐거운 1년이었어요. 요리를 좋아하기도 하고 오랫동안 해왔기에 조리 실습은 익숙했지만, 강의 시간에 새로운 내용을 배울 수 있어서 특히 좋았어요. 조리이론, 영양학, 식품위생 등을 체계적으로 배울 수 있었죠.

젊은 학생들 사이에 섞여 항상 앞줄에 앉아 열심히 강의를 들었어요. 학생 시절에는 공부를 좋아하지 않았지만 어른이 돼서 하는 공부는 너무 재미있었어요. 덕분에 배움의 즐거움을 발견할 수 있었답니다.

하지만 의욕이 있어도 나이 탓인지 강의 내용을 외우기가 쉽지 않았어요. 결국 1학기 시험에서 한 과목은 낙제 점수를 받고 말았지요. 선생님께서는 "항상 수업도 열심히 듣고 노트 정리도 잘하고 있으니 걱정하지 마세요"라고 위로해 주셨어요.

그래도 졸업 전에 자매 결연을 맺은 파리의 학교로 연수 여행도 다녀오며 보람찬 1년을 보냈습니다.

졸업 후에는 지인이 운영하는 선술집에서 1년 정도 주

2021 10月
TEA

말마다 주방 일을 도왔어요. 제가 만드는 규슈 스타일의 달콤한 달걀말이를 좋아하는 분들이 많아서 달걀말이를 전담하기도 했지요. 바빴지만 일하는 보람을 느꼈던 시간이었어요.

그 후에는 지금 다니고 있는 고령자 커뮤니티에서 일주일에 한 번, 점심 식사 조리 봉사활동을 했어요. 영양 균형을 맞춘 메뉴를 지시에 따라 빠르게 만들어내는 일에 보람도 느꼈답니다. 요리를 잘하는 봉사 팀장에게 재료를 다양하게 활용하는 새로운 조리법을 배우기도 했지요. 정말 귀중한 경험이었어요.

일흔 살 때 길을 가다 넘어져 어깨를 다친 후, 나이도 있으니 앞으로 대형 조리기구를 다루기 쉽지 않겠다는 생각에 봉사활동을 그만두었습니다.

과감하게 요리학교에 도전하기를 정말 잘했다고 생각해요. 언니의 죽음으로 인한 슬픔도 극복할 수 있었지요. 나이와 상관없이 좋아하는 일을 배울 수 있다는 자신감도 생겼고, 이 도전을 계기로 그 후에도 새로운 세상을 경험할 수 있었어요.

나이 들수록 가볍게,
하지만 좋아하는 것을 즐깁니다

어머니를 일찍 여의었기 때문에 제 기억 속의 집밥은 아버지의 손맛이에요. 요리를 잘하는 아버지가 차려준 저녁 식사가 항상 기대됐지요. 아버지의 손맛을 닮아 제 요리도 달콤하고 간이 센 편이에요.

혼자 살지만 하루 세끼 식사는 직접 만들어서 먹어요. 식사 시간은 아침 7시, 점심 12시, 저녁 6시 30분으로 정해뒀습니다. 일상생활 속에 자리 잡은 습관이기에 식사를 빼먹으면 다음 일을 할 수가 없어요.

다만 나이가 들면서 식욕이 줄어들어 메뉴가 단순해졌지요.

아침은 여덟 가지 재료로 만든 스무디를 마십니다. 재료를 전부 믹서에 넣고 1분 정도 갈면 완성이에요. '마시기만 하면 끝'이니 만드는 것도 먹는 것도 뚝딱이랍니다.

스무디와 사과 반 개, 삶은 달걀 하나를 먹어요. 달걀은 일주일치를 한꺼번에 삶아서 냉장고에 보관하지요.

매일 같은 메뉴이지만 질리지 않아요. 오히려 뭘 먹을지 고민하지 않아도 되어서 마음이 편합니다.

저는 점심을 가장 든든하게 먹어요. 고기와 채소볶음, 건더기를 듬뿍 넣은 미소시루(일본식 된장국) 등이 단골 메뉴예요. 그리고 반드시 고기나 생선 등 동물성 단백질을 섭취합니다. 꽁치나 전갱이 통조림, 어묵 등 간단하게 단백질을 섭취할 수 있는 식재료를 사용하기도 하지요.

거기에 채소 반찬을 두세 가지 추가해요. 톳이나 무말랭이 조림, 데친 시금치, 채소 피클 등은 많이 만들어서 냉동실이나 냉장실에 보관해둡니다.

저녁에는 술을 한잔하며 가벼운 안주를 즐겨요. 두부를 자주 먹는 편이라 여름에는 냉두부, 겨울에는 온두부가 식탁에 자주 오르지요. 그 외에 만들어둔 채소 반찬을 한두 가지 곁들이기도 하고요.

저녁은 세끼 중에서 가장 가볍게 먹어요. 잠자기 전에 과식하지 않는 것이 건강에도 좋다고 생각해요.

노다호로 주전자.
첫눈에 보고 반해서 10년 넘게 애용하고 있어요.
2리터짜리 대용량 주전자랍니다.
아침에 물을 끓여서 보온 주전자에 담아둡니다.

예쁜 그릇은 오래된 친구입니다

매일 혼자 식사하고 많이 먹는 편도 아니지만 맛있는 음식 먹는 것을 좋아한답니다. 그런 만큼 식사 시간을 소중히 여기지요.

반찬은 항상 한 가지씩 마음에 드는 그릇에 담아 먹는 것을 즐겨요.

젊은 시절부터 그릇을 좋아했어요. 예쁜 그릇을 아끼는 어머니의 영향을 받아서인지 자매들이 모두 그릇을 좋아해요. 예쁜 그릇은 보기만 해도 눈이 즐거우니까요.

규슈에는 아리타, 이마리, 가라츠 등 유명한 그릇 생산지가 많습니다. 사세보에 사는 언니가 이따금 "아리타에서 열리는 도자기 시장에 가자"라고 하면 곧장 달려갔죠. 운이 좋으면 예쁜 그릇을 몇백 엔에 살 수 있거든요.

도쿄의 고마바에 있는 일본민예관(日本民藝館)을 좋아해서 여동생과 조카가 우리 집에 놀러 올 때면 자주 가곤 했지요.

일본민예관은 야나기 무네요시(柳宗悅, 민예운동 주창자이자 미술평론가)가 세운 전통 공예 미술관이에요. 근처의 멋진 그릇 가게에 들르는 것도 즐거움이죠.

저는 특히 요리를 돋보이게 하는 남색 그릇을 좋아해요. 남색 자체를 좋아해서 집에는 그릇만이 아니라 남색 물건이 많답니다.

슬슬 주변 정리를 해야겠다는 생각이 들어서 조금씩 처분하고 있지만, 좋아하는 그릇은 좀처럼 떠나보낼 수가 없네요. 마음을 굳게 먹고 몇 년 전 설날에 가족들이 모였을 때 딸과 맏며느리에게 물려줬어요.

거실 테이블에 그릇을 늘어놓고 "마음에 드는 것을 가져가렴"이라고 말했더니 둘이서 이런저런 이야기를 주고받으며 나눠 가져갔어요. 찬장 안쪽에 잠들어 있던 그릇은 거의 쓰지 않아서 너무 아깝다고 생각했는데 무척 다행이었지요.

덕분에 찬장에 공간이 생겨서 지금은 그릇을 장식품처럼 진열해둘 수 있어요. 가장 마음에 드는 그릇들은 남겨뒀으니 물려준 것을 후회하지는 않아요.

혼자 밥 먹을 때 쓰는 그릇은 바로 꺼낼 수 있도록 부엌 싱크대 위의 찬장에 넣어둡니다. 적게 먹는 편이라 조금만 담아도 예쁜 작은 그릇이 대부분이에요.

대충 자른 어묵도 마음에 드는 그릇에 담으면 훌륭한 반찬처럼 보인답니다. 눈이 즐거우면 배 속도 마음도 만족스러워지는 법이지요.

점심 상차림.
먹는 것을 좋아해서 혼자 밥 먹는 시간도 즐겁답니다.

거실에 있는 그릇장.
모두 아끼는 그릇입니다.
손님이 왔을 때
쓰려고 해요.

평소에 자주 쓰는 그릇은

싱크대에서 바로 손이 닿는 곳에 놓아둡니다.

혼자 먹기 딱 좋은 나만의 식단을 알차게 꾸립니다

요리학교에서 일식, 양식, 중식을 본격적으로 배웠지만, 평소에 만드는 메뉴는 지극히 평범합니다. 저는 예전부터 간단한 요리를 좋아했어요. 혼자 사는 지금은 더욱 간단하게 만들어 먹어요. 매일 요리하려면 간단한 메뉴가 최고예요.

예를 들어 시금치 깻가루 무침은 데친 시금치를 그릇에 담고 깻가루와 설탕, 간장을 뿌려서 그대로 섞기만 하면 됩니다. 다른 그릇에 양념을 만드는 수고도 덜고 설거지할 그릇도 줄어서 좋아요.

시금치는 한 끼에 한 단을 다 먹을 수 없으니 남은 것은 데쳐서 냉동 보관하면 일주일은 먹을 수 있습니다. 1인분만큼 그릇에 담아 간장 육수나 소스를 뿌려서 먹어요.

시금치 깻가루 무침은 설탕을 많이 넣어요.
나가사키 출신인 저는 달콤한 간을 좋아합니다.
요리에 설탕을 많이 쓰는 대신 달달한 간식은 적게 먹어요.

무 오이 간장 절임은 깍둑썰기를 한 무와 오이에 간장을 뿌리고 몇 시간 재워두기만 하면 됩니다.

이 메뉴는 결혼하고 나가사키에 살 때 언니가 가입했던 부인 잡지 『주부의 친구(婦人之友)』 전국 모임(애독자들이 만든 모임)에 참석해서 배웠어요. 60년 전에 배운 메뉴이지만 쉽고 맛있어서 지금도 자주 만들어 먹어요.

보통은 물에 불린 무말랭이를 기름에 볶아 육수를 넣고 조립니다. 하지만 저는 간단하게 무말랭이와 물을 함께 냄비에 넣어 불리고, 거기에 당근 등의 건더기를 추가해서 설탕과 간장을 넣고 조려요.

무말랭이를 불린 물도 좋은 육수가 되기 때문에 버리지 않고 활용하는 거예요. 육수를 따로 만들거나 기름에 볶지 않아도 무척 맛있답니다. 끓이고 볶는 수고를 덜 수 있어서 쉽고 간단해요.

무말랭이를 활용한 추천 메뉴는 절임이에요. 물에 씻은 무말랭이를 열탕 소독한 강화유리병에 넣고 식초, 간장, 설탕을 섞어 만든 소스를 부어 절이기만 하면 됩니다. 불리지 않아서 꼬들꼬들한 식감이 매력이랍니다. 반나절 정도 절이면 간이 배는데, 새콤한 맛이 입안을 개운하게 해줍니다.

원래 초절임 반찬을 좋아하기도 하지만 오래 보관하려고 식초를 자주 사용해요. 한 번 만들어두면 오래 두고 먹을 수 있으니까요. 이것도 간편한 요리를 위한 아이디어랍니다.

피클은 만들어두면 편리한 반찬이에요. 무, 오이, 당근, 파프리카 등을 길쭉하게 잘라서 큰 병에 넣고 시판 조미식초를 붓기만 하면 됩니다. 피클 소스를 직접 만들어서 절이면 더 맛있지만 저는 '편하게 요리하기'를 선택했어요.

무 오이 간장 절임

1센티미터 크기로 깍둑썰기를 한 무와 오이를 그릇에 담고 간장을 한 번 두른 다음 골고루 섞어주세요. 몇 시간 지나면 무와 오이에서 수분이 빠져나와 간이 딱 맞을 거예요. 카레를 먹을 때 피클처럼 곁들이면 좋아요.

전갱이 횟감으로는 전갱이 초절임을 자주 만들어요. 포를 뜬 전갱이를 사서 일단 회로 먹고 남은 것은 초절임을 만들지요. 소금을 뿌리고 식초에 절여두기만 해도 몇 시간 후에 먹을 수 있어요.

식초 덕분에 3~4일 정도는 냉장 보관할 수 있어서 부족해지기 쉬운 단백질을 보충하기 좋답니다.

전자레인지는 재료를 손질할 때 자주 활용해요. 무를 조릴 때 전자레인지로 미리 데우면 간이 잘 밴답니다.

채 친 양배추를 전자레인지로 찌면 편리해요. 아삭아삭한 양배추를 살짝 데우면 부드러워져서 나이 든 사람이 먹기에도 좋답니다.

이 방법을 활용하고부터 양배추 샐러드를 자주 먹어요. 뚜껑이 있는 전자레인지 용기에 양배추를 넉넉히 담아서 찌고 그대로 냉장고에 넣으면 됩니다.

쉽게 먹을 수 있는 생선 통조림도 아주 유용합니다. 양도 적고 가격도 저렴한 정어리 통조림을 자주 사 먹어요. 혼자 먹기 딱 좋은 크기라 점심 반찬과 술안주로 식탁에 올릴 때가 많답니다. 뼈까지 먹을 수 있어서 칼슘 보충에도 좋아요.

편리한 조미료와 통조림, 시판 제품, 전자레인지는 혼

무말랭이 초절임

무말랭이를 씻어서 물기를 꽉 짜낸 후 열탕 소독한 강화유리병에 넣어주세요. 식초 2: 설탕 2: 간장 1 비율로 소스를 만들어서 붓고 반나절 동안 숙성합니다. 얇고 하얀 무말랭이를 사용하는 것이 좋아요.

무말랭이 조림

두툼한 무말랭이를 준비합니다. 냄비에 무말랭이를 넣고 잠길 정도로 물을 부어서 불려주세요. 당근과 어묵을 넣고 설탕과 간장으로 간을 한 후 조립니다. 무말랭이 불린 물이 육수 역할을 해서 깊은 맛이 납니다.

전갱이 초절임

전갱이 횟감에 소금을 뿌리고 1시간 정도 재운 다음 소금을 물로 씻어내고 물기를 닦아내면 비린내가 사라져요. 열탕 소독한 강화유리병에 전갱이를 넣고 잠길 정도로 식초를 부어서 냉장고에 1~2시간 숙성시키면 됩니다. 오래 두면 살이 퍼석퍼석해지니 바로 먹지 않을 경우에는 전갱이를 건져내서 보관합니다.

피클

무, 오이, 당근, 양파, 파프리카 등 좋아하는 채소를 고르세요. 피클용 소스로는 미츠칸(일본의 식품회사)의 조미 식초를 사용합니다. 파프리카는 쉽게 무르니 빨리 먹어야 하지만, 딱딱한 채소는 일주일 정도 냉장 보관할 수 있어요.

싱크대가 좁아서 도마를 세로로 놓아야 해요. 하지만 딱히 불편하지 않아서 50년 넘게 이렇게 요리해왔어요. 칼은 자주 갈아줍니다.

밥의 든든한 친구예요. 잘 활용하면 나만의 식단을 더욱 알차게 차릴 수 있죠.

채 친 양배추를 전자레인지 용기에 넣고
뚜껑을 닫아서 600W에 3분 정도 찝니다.
숨이 너무 죽지 않고 적당히 씹는 맛이 살아 있는
양배추찜이 완성되지요.
저는 주로 마요네즈를 뿌려서 먹는답니다.

정어리 통조림은 혼자 먹기 좋아요.
고등어 통조림은 배추를 넣고 조리면
맛있지만, 혼자 먹기에는 양이
너무 많아서 요즘에는
자주 사용하지 않아요.

사과 껍질 하나도 감사히 먹습니다

저는 전쟁을 겪은 세대예요. 전쟁이 끝나고 먹을 것이 부족했던 어린 시절에 음식을 버리는 것은 상상할 수 없는 일이었지요. 그때의 습관이 남아서 지금도 절대 음식을 남기지 않아요.

양파와 감자 외에는 채소 껍질도 대부분 벗기지 않고 그대로 사용합니다. 무는 어묵탕을 끓일 때 외에는 껍질을 벗기지 않고요. 무를 껍질째 갈아도 맛은 똑같답니다.

당근도 껍질째 요리합니다. 당근 껍질로 간장 볶음을 만들기도 하지만 번거로워서 껍질째 그냥 썰어서 볶아버립니다.

껍질을 벗기지 않으면 재료를 아낄 수 있는 데다 손질하는 번거로움도 덜고, 껍질의 영양소도 섭취할 수 있어요.

오른쪽 선반 위의 소쿠리는 30~40년 정도 사용했습니다.
밑바닥이 망가져서 지금은 못 쓰지만,
수제 소쿠리가 자아내는 분위기가 좋아서 장식해뒀답니다.

과일이나 채소는 껍질에 영양소가 제일 많다고 하잖아요. 익히면 식감도 부드러워지고 맛도 똑같으니 쭉 껍질째 사용하고 있어요.

사과를 무척 좋아해서 매일 아침 껍질째 먹고 있어요. 친정이 과일 장사를 해서 그런지 어릴 때부터 쭉 그래 왔지요. 요즘에는 껍질이 단단해서 먹기 힘들어요. 그래서 사과 껍질을 스무디에 넣는답니다.

음식 재료를 낭비하지 않기 위해 냉동고를 활용해요.

양배추나 양상추의 딱딱한 심은 버리지 않고 냉동해 두었다가 미소시루에 넣습니다. 생으로 먹기는 힘들지만 익히면 맛있거든요.

미소시루는 남은 채소를 넣고 끓입니다. 한 번 만들어 두고 사흘 정도 먹다 보면 갈수록 맛이 조금씩 떨어지지만, '국물에 영양분이 녹아들었다' 생각하며 먹어요. 미소시루는 입맛이 떨어진 고령자가 영양분을 섭취하기에 좋은 메뉴랍니다.

숙주를 무척 좋아해서 냉동고에 항상 쟁여둬요. 냉동해도 식감이 변하지 않고 볶아서 소금, 후춧가루만 뿌려도 맛있지요. 데쳐서 참기름과 소금을 뿌려 나물로 무치는 것도 좋아해요.

숙주나물

숙주를 끓는 물에 살짝 데쳐서 그릇에 담고 참기름, 소금, 후춧가루를 뿌립니다. 숙주는 데치면 양이 줄어들기 때문에 한 봉지도 두세 끼에 다 먹어요. 베란다에서 키우는 미즈나(水菜, 경수채)를 올리면 눈도 즐겁지요.

육수를 낼 때 사용한 다시마는
조림용으로 모아둡니다.
겨울에는 온두부를 자주 해 먹어서
금방 모인답니다.

미소시루를 만들 때는 간편한 육수용 가루를 활용하지만, 저녁 안주로 먹는 온두부는 다시마로 육수를 냅니다.

뚝배기에 다시마와 두부를 넣고 끓이기만 하면 되니 아주 간편하고 부드러워서 속도 편한 안주랍니다.

육수를 낼 때 사용한 다시마도 버리지 않아요. 2센티미터 크기로 잘라서 냉동해뒀다가 어느 정도 모이면 간장, 맛술, 식초를 넣고 다시마 조림을 만들어요.

간장과 맛술만 넣으면 다시마가 딱딱해지지만, 식초를 넣으면 부드러워진답니다. 다시마가 말랑해지도록 간을 보면서 식초의 양을 조절해야 해요.

너무 적은 양으로 만들기보다 냉동고에 다시마를 차곡차곡 모아두었다가 한꺼번에 만드는 편이 나아요.

요즘 자주 사용하는 재료는 카르디(커피와 수입 식품을 판매하는 가게)에서 발견한 소스 쌀국수입니다. 돼지고기와 함께 숙주, 양배추, 당근 등 집에 있는 온갖 채소를 다 넣어서 요리하지요. 냉장고를 정리할 때 안성맞춤이에요.

만들기 쉬워서 점심에 자주 해 먹어요.

음식 재료를 버리지 않으니 쓰레기도 적게 나오죠. 그 덕분에 쓰레기를 내놓을 때도 번거롭거나 힘들지 않답니다.

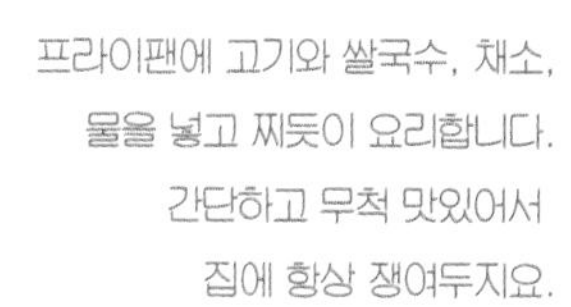

프라이팬에 고기와 쌀국수, 채소,
물을 넣고 찌듯이 요리합니다.
간단하고 무척 맛있어서
집에 항상 쟁여두지요.

87세
고독한 혼밥러의 식탁

나이가 들수록 고기나 생선을 먹기 힘들어서 단백질이 부족해지기 쉬워요. 그래서 손쉽게 단백질을 섭취할 수 있는 어묵을 잘 먹어요.

나가사키의 친정집 맞은편에 큰 가마보코 어묵 가게가 있었어요. 나가사키에서는 사츠마아게 어묵을 아게칸보코라고 부른답니다.

학창 시절 아게칸보코를 사 와서 직접 매콤 달콤하게 조려 도시락 반찬으로 싸 갔어요. 그러니까 아주 오래전부터 사츠마아게 어묵을 먹어온 셈이지요.

그 밖에도 다양한 어묵을 자주 먹어요.

지쿠와(원통 모양의 어묵)는 고추냉이와 간장에 찍어 먹는 것을 좋아합니다. 그날 기분에 따라 점심 반찬이나 안주

로 1~2개 정도 먹어요.

톳을 조릴 때는 유부와 함께 지쿠와 어묵도 넣어요. 둘 중 하나만 넣을 때가 더 많지만 둘 다 넣으면 훨씬 맛있답니다. 톳 조림은 한 번에 다 먹을 수 없으니 조금씩 나눠서 냉동 보관합니다.

사츠마아게 어묵은 주로 살짝 구워서 생강을 섞은 간장에 찍어 먹었어요. 그러다 남편이 정년퇴직한 후부터 점심 메뉴로 사츠마아게 볶음밥을 만들어 먹기 시작했지요. 만들기 쉽고 든든하면서도 저렴한 메뉴를 고민하다 떠올린 요리예요.

재료는 사츠마아게 어묵, 양파, 달걀, 딱 세 가지뿐이에요. 양파의 단맛이 어묵과 잘 어울리는데, 파로 대신하면 맛이 떨어져요. 돼지고기나 햄을 넣은 볶음밥보다 훨씬 든든하답니다.

집에 있는 재료로 쉽게 만들 수 있어서 둘째 아들도 자주 만들어 먹는다고 해요.

콩 식품도 어묵처럼 손쉽게 단백질을 섭취할 수 있어서 자주 먹어요.

특히 두부를 좋아해서 술안주로 여름에는 냉두부, 겨울에는 온두부를 즐긴답니다. 일본 술과 잘 어울리거든요. 유부는 미소시루나 톳, 무말랭이 조림에 넣어요. 튀긴 두부는 전자레인지에 데워서 생강을 섞은 간장에 찍어 먹으면 맛있어요.

사츠마아게 볶음밥(2인분)

달걀 하나를 프라이팬에 풀어서 볶아둡니다. 프라이팬에 다진 양파 반 개, 잘게 썬 사츠마아게 어묵 2개, 따뜻한 밥 두 그릇을 넣고 볶아서 소금과 후춧가루로 간을 합니다. 간장을 살짝 넣고 불을 끈 후 볶은 달걀을 잘 섞어주세요.

톳 어묵 조림

물에 불린 톳, 삶은 콩, 잘게 자른 유부 하나, 지쿠와 어묵 2개, 물 반 컵을 냄비에 넣고 끓어오르면 설탕과 간장을 넣어 약불에 10분 정도 조립니다. 부드러워서 먹기 좋은 톳의 싹 부분을 주로 사용해요.

곤약 당근 볶음

프라이팬에 참기름을 둘러서 예열한 후 당근과 잘게 썬 곤약을 볶습니다. 물 반 컵과 설탕, 간장을 넣고 물기가 사라질 때까지 볶아요.

술 한 잔에
하루를 흘려보내는 시간

규슈 사람은 술이 세다는 이야기가 있지요. 아버지와 언니들도 술을 좋아하고 잘 마셨어요. 저도 술을 좋아해서 지금도 저녁이면 꼭 술을 한 잔씩 즐긴답니다.

하지만 술을 너무 많이 마시면 몸에 안 좋을 테니 딱 한 잔만 마시기로 규칙을 정해뒀어요. 일본 술을 자주 마시지만 위스키나 소주를 즐기기도 해요. 한 잔 정도는 취하지 않으니 마시고 나서 부엌 정리나 바느질도 할 수 있지요.

저녁에 즐기는 술 한 잔은 하루를 마무리하기에 좋아요. '오늘도 건강하게 하루를 보냈구나'라는 생각이 들지요.

저녁 식사는 대부분 안주랍니다. 앞서 말했듯이 점심을 든든하게 먹기 때문에, 만들어둔 반찬이나 쉽게 차릴 수 있는 온두부 혹은 냉두부, 지쿠와 어묵 등 가벼운 메뉴를 즐겨요. 조리하지 않아도 되니 편해서 좋지요.

점심에 단백질이 부족했다는 생각이 들면 닭날개를 조리해서 먹기도 해요. 그럴 때는 자연스럽게 고기가 먹고 싶다는 생각이 들어요. 아마도 몸이 단백질을 원하는 것이겠지요.

닭날개를 좋아해서 반으로 잘라 한 끼 분량으로 나눠서 냉동 보관합니다. 전자레인지로 해동해서 소금을 살짝 뿌린 다음 석쇠에 구워 먹는답니다. 이것도 술과 아주 잘 어울려요.

안주로 자주 먹는 메뉴 중 하나는 데친 닭껍질이에요. 닭껍질을 데쳐서 찬물에 잘 헹구고 잘게 썰기만 하면 된답니다. 초간장에 유즈코쇼(유자와 풋고추를 함께 갈아서 숙성시킨 규슈 특산 조미료)를 섞어서 데친 닭껍질을 찍어 먹으면 정말 맛있어요.

나가사키에 살던 20대 시절, 퇴근길에 들른 선술집에서 처음 먹어본 메뉴였어요. 무척 맛있어서 그때부터 직접 만들어 먹었답니다. 한꺼번에 잔뜩 만들어서 냉동 보관하기도 하지요.

쉬운 메뉴인 만큼 좋은 닭껍질을 사용하려고 해요. 잘게 썰지 않고 한 장짜리를 통째로 삶아야 맛있어요.

닭껍질만큼은 백화점에서 삽니다. 가격은 100g에

데친 닭껍질

끓는 물에 닭껍질을 넣고 2~3분 정도 데친 후 흐르는 물에 씻어서 물기를 짜주세요. 기름기를 꼭 짜내고 가능한 잘게 썰어주세요. 칼을 미끄러트리듯이 움직이면 잘 썰린답니다. 초간장에 유즈코쇼를 섞어서 찍어 먹어요.

유즈코쇼는 제가 사랑하는 조미료예요.
씹히는 맛이 있고
매콤한 맛이 살아 있어서 좋아요.
초간장과 무척 잘 어울린답니다.

새송이버섯 구이

새송이버섯의 쫄깃한 식감을 무척 좋아해요. 새송이버섯을 먹기 좋은 크기로 찢어서 석쇠에 살짝 구워 초간장에 찍어 먹어요. 칼로 썰기보다 손으로 찢으면 초간장이 더 잘 배어서 맛있어요.

60엔(약 600원) 정도로 저렴하지요.

닭껍질은 나이가 들면서 줄어드는 콜라겐이 듬뿍 들어 있어요. 기름기가 많은 부위이지만 한 번 데치면 느끼함이 사라진답니다.

나가사키 사람이라 그런지 매콤한 유즈코쇼 없이는 못 살아요. 데친 닭껍질을 비롯해 전갱이 초절임, 온두부, 우동 등 다양한 요리에 유즈코쇼를 넣어 먹지요. 간이 심심할 때 유즈코쇼를 넣으면 강한 맛을 내서 입맛을 돋웁니다. 초간장에 유즈코쇼를 섞어서 찍어 먹는 경우가 많아요.

예전에는 규슈에 사는 여동생이 직접 만든 유즈코쇼를 보내줬는데 이제는 나이가 들었는지 안 만들더라고요. 요즘에는 시판 제품을 사서 먹어요.

버섯도 좋아해서 자주 먹는답니다. 버섯을 종류별로 사서 냉동고에 항상 쟁여둬요. 표고버섯을 버터에 볶아 먹거나, 새송이버섯을 석쇠에 구워서 초간장에 무치면 송이버섯처럼 먹을 수 있어요. 술이 술술 넘어가는 아주 좋은 안주입니다.

가끔은 '수고로움'을 즐깁니다

요리는 간단한 것이 좋지만 음식 만드는 수고를 즐길 줄도 알아요.

예전에는 누카즈케(겨된장 절임)를 직접 만들었어요. 하지만 그것도 간단하게 만드는 편이었어요. 봄에 시작해서 겨울이 오기 전에 끝냈으니까요. 겨된장을 계속 발효시키며 보관하지는 않았어요.

대신 겨울에는 배추 절임을 만들었답니다. 배추 하나를 통째로 햇빛에 바짝 말려서 소금에 절이는 것이지요(다시마, 유자 껍질도 넣어요). 남편이 세상을 떠난 이후로는 혼자 다 먹을 수가 없어서 더 이상 만들지 않아요.

채소 절임을 좋아하지만 시중에 판매되는 제품을 사서 먹지는 않아요. 유일하게 사는 채소 절임은 좋아하는 갓

매실은 큰 항아리에 절여서
침실 장롱의 빈 공간에 보관합니다.

절임 하나뿐이에요.

갓 절임은 잘게 썰어서 유리병에 담아 냉장고에 넣어 두지요.

매실 절임은 지금도 꾸준히 만들고 있어요. 아파트 단지 시장에서 매실 1킬로그램을 사서 소금과 시소(붉은 차조기 잎)를 넣어서 절입니다. 매실 식초가 우러나기 시작하면 바구니에 건져 베란다에서 사흘 정도 말려요.

1킬로그램이면 대략 1년 정도 먹을 수 있어요. 지난번에 좋은 매실이 들어와서 3킬로그램을 절였더니 아직 다 먹지 못했답니다. 당분간은 매실 절임을 만들지 않아도 될 듯해요.

염분을 줄이려고 매실에 소금을 적게 넣었더니 곰팡이가 피더라고요. 역시 염분은 중요하다는 사실을 깨닫고 그 다음부터 항상 염분 18퍼센트를 지키고 있어요.

취미 수업을 들으러 갈 때 도시락에 항상 매실 절임을 싸 갑니다. 씨를 빼내고 칼로 다진 매실 절임을 밥 위에 올리고 그 위에 밥을 한 겹 더 올려서 먹으면 맛있어요.

씨도 버리지 않고 뒀다가 차를 마실 때 넣거나 소주에 담가서 향을 즐기지요.

좁은 베란다이지만 햇빛이 잘 들어서
식물이 쑥쑥 자란답니다.
펠트 화분은 가벼운 데다 손잡이가 달려서 옮기기도 쉬워요.

베란다에 토마토, 가지, 오이, 소송채, 쑥갓 등 제철 채소도 키우고 있어요. 흙이 흘러나오지 않는 펠트 화분에 심어 두었지요.

펠트 화분 자체는 물이 잘 빠진다고 들었는데 밑바닥이 베란다 바닥에 맞닿아서 물 빠짐이 좋지 않더라고요. 그래서 저렴한 와이어 바구니와 합체해봤어요.

바구니를 뒤집어놓고 그 위에 펠트 화분을 올리면 베

란다 바닥과 화분 사이에 공간이 생겨서 물 빠짐도 좋고 해충이 화분 밑에 숨어들지 않아서 좋아요.

수확한 채소는 샐러드를 만들어 먹거나 미소시루에 넣어 먹어요.

chapter 3

무리하지 말고 내 몸이 할 수 있는 딱 그만큼

지극히 단순한 일상에서 평온함을 누립니다

기상, 취침, 식사 시간은 항상 같습니다. 덕분에 신체 리듬이 일정하게 유지되어서 건강에도 좋아요. 저의 하루 일과는 이렇습니다.

5시 기상 후 몸단장, 불단 관리

6시 아파트 단지 광장에서 라디오 체조를 한 다음 산책

7시 세탁기를 돌리고 아침 식사 준비, 아침 식사 후에 빨래 널기, 청소기로 집 청소.

※여기까지 매일 아침 일과입니다.

9시 TV를 보면서 휴식, 졸리면 침대에서 1시간 정도 수면, 졸리지 않을 때는 아파트 단지의 화단 관리

10시 독서, 아이패드로 마작, 아파트 단지 마트에서 쇼핑

12시 점심 식사(시간은 반드시 지키기), 든든하게 먹는 편인 만큼 12시 정각에 식사할 수 있도록 미리 준비

13시 TV 시청, 뉴스, <데츠코의 방>(일본 여배우 구로야나기 데츠코가 진행하는 토크 프로그램), 요리 프로그램 등을 주로 시청

14시 낮잠(1~2시간 정도)

16시 독서, 유튜브로 세토우치 자쿠초(소설가이자 승려), 미와 아키히로(일본의 싱어송라이터, 연출가, 배우)의 이야기, 사이먼 앤 가펑클, 온라인 집들이 영상을 주로 시청, 바느질로 컵 받침이나 마스크 만들기

18시 30분 저녁 식사, 조리하기 쉬운 메뉴나 미리 만들어놓은 반찬을 꺼내 간단하게 준비
뒷정리를 마치고 녹화해둔 TV 프로그램이나 해외 드라마 시청, 종종 바느질

21시 목욕을 마치고 잠잘 준비
자기 직전에 레몬식초를 마시고 부엌 배수구 청소

22시 침대에 올라가 1시간 정도 책을 읽고 잔다.
잠이 안 올 때는 수면제를 반 개 정도 먹으면 23시 무렵에 잠이 든다.

화장실을 가기 위해 한밤중에 한 번은 일어나게 됩니다. 눈이 말똥말똥하고 잠이 안 올 때는 책을 읽지요. 그래도 새벽 5시에는 꼭 일어납니다. 낮잠을 포함해 대략 하루에 8시간 정도 자는 편이에요.

외출할 때는 아침 일과를 마치고 9시 무렵부터 움직입니다. 안과나 치과에 가거나 취미 모임이나 수업을 들으러 가기도 하고 사람을 만나기도 해요. 그러다 보니 일주일에 한두 번 정도는 외출하게 되더군요. 기본적으로는 집에서 비슷한 일과를 보냅니다.

낡은 구조의 세면대. 위쪽에는 커튼레일이 있어요.
세탁기는 천으로 덮어두지요.

나만의 속도를 유지하며 천천히 혼자

매일 아침 라디오 체조로 하루를 시작해요.

아파트 단지의 광장에 고령자들이 모여서 라디오 체조를 한답니다. 저는 15년 정도 이 습관을 이어오고 있어요.

주최자가 매일 아침 6시 30분부터 방송되는 NHK의 라디오 체조를 틀어줘요. 아파트 단지뿐 아니라 주변에 사는 분들까지 대략 80명이 모이죠. 대부분 70대이고 80대는 저를 포함해서 10명 정도예요.

아침 체조는 주말이나 연말연시에도 쉬지 않고 비가 오는 날에는 지붕이 있는 곳에서 진행해요. 1월 1일에는 아마자케(甘酒, 일본 전통 감주)를 나눠 마신답니다.

저는 일요일과 1월 1일, 비가 오는 날은 쉬지만, 그 외

현관에 작은 접이식 의자를 가져다 두면
신발 신을 때 편리해요. 아침 라디오 체조를 할 때는
추위나 열사병을 대비해서 모자를 쓴답니다.

지자체에서 만든 건강 체조.
누구나 할 수 있는 간단한 체조랍니다.
아침마다 꾸준히 몸 상태에 맞춰서 체조를 해요.

에는 빠지지 않고 아침 체조에 참석해요. 라디오 체조는 생활 리듬을 유지하기에 아주 좋답니다.

대부분 정해진 자리에서 체조를 하다 보니 자연스럽게 친해진 사람들도 있어요. "좋은 아침입니다"라고 인사를 건네면 마음가짐이 달라지는 느낌이 들어요. 혼자 살다 보면 말을 한마디도 안 하는 날도 있게 마련이거든요. 그러니 매일 아침 이야기를 나눌 수 있는 라디오 체조는 좋은 자극이 됩니다.

"그 사람, 2~3일 정도 못 봤는데 혹시 어디 아픈가?" 이렇게 서로 안부를 확인할 수도 있고요.

저는 아침 6시에 집을 나서서 조금 일찍 도착하는 편이에요. 라디오 체조를 하기 전에 지자체 유지들이 모여서 진행하는 고령자를 위한 건강 체조에도 참석하거든요.

지자체 체조 두 종류, 라디오 체조 두 종류의 운동량은 결코 적은 편이 아닙니다. 저는 의식적으로 팔을 쭉 뻗고 몸을 크게 움직인답니다. 매일 아침 체조를 하는 덕분에 몸이 유연한 것 같아요.

라디오 체조를 마치고 근처를 10~15분 정도 걸어요. 가능한 차가 지나다니지 않는 길로 가지요. 다른 사람과 함께 걸으면 수다를 떠느라 보폭과 호흡이 흐트러지기 때문에 일부러 혼자 걷는답니다. 나만의 속도를 유지하며 걷기에 집중

하는 것이죠.

예전에는 30분 정도 걸었는데 조금 버거워서 시간을 줄였어요.

줄곧 빠른 걸음으로 걸었는데 요즘은 그것도 힘들어요. “큰 보폭으로 걷는 게 좋대”라는 아들의 말을 듣고 실천하고 있습니다.

은은하고 달콤한 바닐라 맛 아침

걷기를 마치고 돌아오면 세탁기를 돌리고 아침 식사를 준비합니다.

그래 봤자 만드는 것은 손이 많이 가지 않는 스무디예요. 남편이 딱딱한 음식을 먹지 못하게 됐을 때, 손자가 추천해준 단백질 스무디는 삼킬 수 있었어요. 저도 단백질 부족이 신경 쓰여서 단백질 파우더를 넣은 스무디를 마시기로 했답니다.

여기서 재료를 소개할게요.

· 우유
· 소송채
· 사과 껍질

· 깻가루

· 비지 파우더

· 오트밀

· 단백질 파우더

· 아마씨유

몸에 좋은 재료들을 저만의 방식으로 조합한 것이에요. 재료를 전부 믹서에 넣고 1분 정도 갈면 완성됩니다.

은은하게 달콤한 바닐라 맛 단백질 파우더를 넣으면 단맛을 내는 재료를 따로 추가하지 않아도 돼요. 하지만 취향에 따라 꿀이나 올리고당을 넣으면 더 맛있을 거예요. 재료가 여덟 가지나 되다 보니 '무슨 맛이지?'라고 궁금해하는 분도 있을 듯해요. 소송채와 우유를 섞어 깔끔한 맛이랍니다.

스무디와 함께 사과 반 개, 삶은 달걀 하나도 챙겨 먹어요. 사과 껍질은 스무디에 넣어서 함께 갈아요.

입맛이 없어지면서 영양소를 제대로 섭취하지 못할까 봐 걱정했는데, 이 스무디를 마시고 '아침에 충분히 영양분을 섭취했으니 괜찮아'라고 생각하게 됐답니다.

스무디 재료를 믹서에 한꺼번에 넣고 갈면 됩니다.
번거롭게 아침 식사를 준비하지 않아도 돼요.

아침 식사는 스무디,
삶은 달걀 하나, 사과 반 개.
스무디가 든든한 편이라
이것만 먹어도 배부릅니다.

무미건조한 오트밀에
레몬식초 2큰술을 더한 하루

아침에는 스무디, 저녁에는 술 한 잔을 마시니 밥은 자연스럽게 점심때 먹게 됩니다.

최근에는 밥을 오트밀로 바꿨어요.

변비 때문에 신경 쓰였는데 마침 TV 프로그램에서 식이섬유가 풍부한 오트밀이 변비 해소에 좋다고 소개하더군요. '이거다!'라는 생각에 곧장 점심에 밥 대신 오트밀을 먹기 시작했어요.

오트밀 30그램과 물 50밀리를 컵에 담고 랩을 씌우지 않은 상태로 전자레인지(600W)에 1분 30초 가열합니다. 이렇게 하면 아주 손쉽게 죽처럼 부드러운 오트밀을 먹을 수 있습니다. 나이 많은 사람들이 먹기에도 부담 없어요.

오트밀은 귀리를 볶아서 거칠게 부수거나 납작하게 누른
식품입니다. 죽으로 만들면 쌀과 비슷하지만
조금 더 톡톡 터지는 식감이 느껴져요.

쌀밥을 먹으면 속이 더부룩한 느낌이 있었는데, 오트밀을 먹고 나서 그런 느낌이 사라졌어요. 게다가 변비도 없어졌고요.

오트밀은 거의 아무 맛도 나지 않아서 쌀처럼 반찬을 곁들여 먹을 수 있답니다. 쌀밥은 무척 좋아하지만 평소에는 먹지 않고 아이들이 왔을 때만 같이 먹어요.

TV나 책, 잡지 등에서 건강에 좋다고 소개하는 것은 일단 시도해봅니다.

건강식품에는 그다지 관심 없지만 마트에서 손쉽게 살 수 있는 재료로 만드는 것들은 일단 시도해보고 효과를 확인하지요.

요리 연구가 무라카미 쇼코의 ≪편안한 부엌≫이라는 책을 읽다가 '레몬식초'가 혈압을 낮춰주고 뇌 활성화에도 효과 있다는 내용을 봤어요. 마침 혈압이 신경 쓰이기도 했고 치매 예방에도 좋다고 해서 바로 시도했지요.

레몬, 식초, 얼음설탕을 한꺼번에 병에 넣고 하루 정

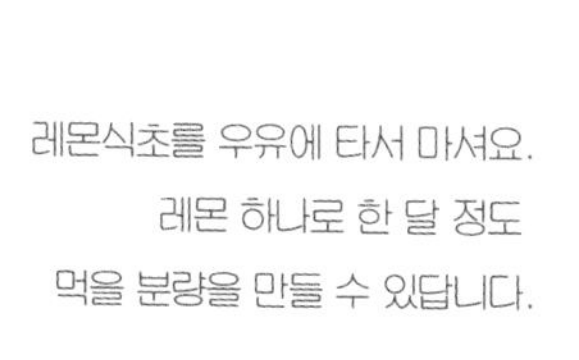

레몬식초를 우유에 타서 마셔요.
레몬 하나로 한 달 정도
먹을 분량을 만들 수 있답니다.

TV에서 몸에 좋다고 소개된
견과류예요. 대용량으로 사서
유리병에 넣어두고 간식으로
먹는답니다.

도 두면 완성됩니다. 저는 우유 한 컵에 레몬식초 2큰술을 섞어서 자기 전에 마셔요. 달콤한 요구르트 같답니다. 레몬 식초가 좋기도 하고 약도 먹고 있어서 그런지 혈압이 안정됐어요. 얼굴에 있던 기미도 옅어진 느낌이라 꾸준히 마시고 있지요.

잇따라 등장하는 새로운 건강 비법 중에서 '이건 효과 있겠다!'라는 생각이 들면 적극적으로 시도합니다. 같은 방법을 너무 오래 지속하면 오히려 효과가 떨어진다는 사실을 직접 경험했거든요.

예전에 변비 때문에 알로에 식초를 마셨는데 1년 정도 계속 마시니 효과가 사라지더라고요. 이때 오트밀을 알게 돼서 바로 시도했지요. 덕분에 변비는 해소됐어요.

항상 새로운 정보를 접하기 위해 노력하면 삶이 즐거워져요. 치매 예방에도 좋은 것 같고요.

엘리베이터 없는 아파트 4층에 삽니다

우리 집은 4층이어서 계단을 올라가야 합니다. 오래된 아파트 단지라 엘리베이터가 없어요.

자식들은 "아래층에 빈집이 있으니 그리로 이사하면 편할 텐데"라고 말하지만, 이사가 힘들기도 하고 구석구석 내 손길이 닿은 집에 애착이 있어서 떠나고 싶은 생각이 들지 않아요.

수십 년째 오르내렸더니 이제는 4층 계단도 익숙합니다. 아침에 라디오 체조를 하러 갈 때, 단지 안에 있는 마트로 장을 보러 갈 때, 화단을 관리하러 갈 때 등 외출할 일이 없는 날도 하루에 두세 번은 오르내리지만 그다지 힘들지 않아요. 여전히 뛰어서 내려갈 수 있답니다.

아파트 계단.
난간을 꼭 잡고 오르내려요.
양손을 자유롭게 움직일 수 있도록
크로스백이나 배낭을 멥니다.

특별히 하는 운동은 아침 체조뿐이에요. 제 생각에 계단 오르내리기가 사실 꽤 운동이 되는 것 같아요.

감사하게도 아직 골밀도는 큰 문제 없답니다. 이것도 어릴 때 언덕이 많은 나가사키에 살았던 덕분인 것 같아요. 언덕 위에 있는 학교까지 매일 걸어 다녔거든요. 언덕이 많은 동네를 매일 걷다 보니 하반신이 튼튼해진 듯해요.

하지만 넘어지면 큰일이니 허리를 펴고 천천히 걷는답니다. 얼마 전 라디오 체조에 가다가 얕은 턱에 걸려 넘어졌어요. 처음 있는 일이라 나이를 실감했지요.

장을 보러 갈 때는 배낭이나 크로스백을 메고 손에는 짐을 들지 않아요. 무리해서 혼자 장을 많이 보지 않고, 무거운 물건은 주말에 자식들이 왔을 때 함께 사러 간답니다.

다행히 건강검진 결과도 좋은 편입니다. 다만 고지혈증과 고혈압에 주의해야 한다더군요. 혈압은 가장 약한 약을 먹으며 최고혈압 130, 최저혈압 75를 유지하고 있어요.

줄곧 정상 범위였지만 여든을 넘기니 최고혈압은 140, 최저혈압은 80 정도가 되더라고요. 고령자는 원래 혈압이 높은 편이라고 하니 '굳이 약을 먹어야 하나?'라고 생각하면서도 의사 선생님 말씀은 잘 듣습니다. 혈압약은 일종의 보험이지요.

가끔은 몰입의 기쁨도 누립니다

시민 센터에서 열리는 노래 교실에 참석하고 있어요. 같은 파트를 모든 수강생이 함께 불러요. 합창처럼 하모니를 의식할 필요도 없고 발표회도 하지 않으니 부담 없이 즐겁게 노래 부를 수 있어요.

저는 노래 부르는 것을 좋아하지만, 처음에는 악보도 못 읽고 목소리도 안 나왔어요. 하지만 강사님의 지도에 따라 발성 연습을 거듭하니 목소리가 나오기 시작했지요.

노래 교실에서는 강사님이 곡을 고르고 동요, 가요, 클래식, 재즈 등 총 10곡을 3개월 동안 배웁니다. 우리가 부르고 싶은 노래를 신청할 수도 있어요.

"동요는 아이들처럼 부르는 게 아니라 어른들의 분위기를 살려서 불러봅시다" 하고 강사님이 수강생들에게 맞춤

'교향곡 9번을 부르는 모임'에서 사용하는 악보.
빨간 연필로 줄을 그어놓은 부분이 제가 부르는 파트입니다.
저는 알토를 맡았어요. 명찰을 달고 파트별로 나눠서 앉아요.

지도를 해주신답니다.

영어, 프랑스어로 부르는 곡은 강사님이 가사 발음을 소리 나는 대로 적어줍니다. 노래에 집중하면서 기쁨을 만끽할 수 있는 수업이에요.

수강생은 20명 정도인데, 그중 남자는 딱 한 분이에요. 한 달에 두 번씩 열리던 노래 교실이 코로나19로 휴강했다가 얼마 전부터 한 달에 한 번씩 열리고 있어요.

또 다른 '교향곡 9번을 부르는 모임'에도 참석합니다. 아마추어 합창단이 오케스트라와 함께 연말에 베토벤의 '교향곡 9번'을 무대에 선보이는 모임이랍니다.

일흔두 살 때 지역 광고지에서 단원 모집 공고를 보고 응모했지요. 그런데 첫 연습에 참석했더니 가사가 독일어이더군요.

'큰일이다. 여기는 내가 감당할 수 없겠는데'라는 생각이 들었지만, 6개월 회비로 8천 엔(약 8만 원)을 이미 냈기에 그만두기가 아까웠지요. '연습만 참석하고 무대에는 안 오르면 되지'라는 생각으로 일단 6개월 동안 해보기로 했습니다.

무대에서는 악보를 볼 수 없으니 가사를 외워야 했어요. 가사를 크게 적은 종이를 집 벽에 붙여두고 매일 보면서 열심히 연습하다 보니 부를 수 있게 되었죠.

무대에도 무사히 오를 수 있었답니다. 정말 말로 다 표현할 수 없을 만큼 감동적인 순간이었어요. 그 후에도 계속 참석해서 올해 14년째 되었답니다.

코로나19로 최근 2년은 연습과 무대를 쉬었어요. 교향곡 9번은 독일어라서 계속 부르지 않으면 금방 잊어버려요. 요즘에는 가사를 잊어버리지 않으려고 종종 유튜브를 보며 연습한답니다.

노래 수업에서 발성 연습과 호흡법을 지도받은 덕분에 지금은 목소리가 잘 나옵니다.

노래를 부르면 목 근육이 단련돼서 연하장애(삼킴장애)도 예방할 수 있고 폐도 튼튼해진다고 해요. 가사를 외워야 하니 치매 예방에도 좋다고 들었어요. 무엇보다 목소리를 내면 속이 시원해지고 스트레스가 해소된답니다.

게다가 많은 사람들이 함께 참여하는 노래 교실에서는 노래의 즐거움을, '교향곡 9번을 부르는 모임'에서는 어려운 노래를 불렀다는 성취감을 느낄 수 있었어요. 서로 다른 기쁨을 맛보았지요. 앞으로도 둘 다 계속해볼 생각이에요.

잊혀지지만
잊고 싶지 않은 것들을 위해

나이가 들면 자꾸 잊어버리게 된답니다. 자연스러운 현상인지도 모르죠. 그래서 뭐든 메모해서 기록으로 남겨두려고 해요.

장을 보러 갈 때는 반드시 사야 하는 물건 목록을 미리 적어요. 아파트 단지의 마트가 아무리 가까워도 사려고 했던 물건을 깜박해서 4층 계단을 다시 오르내리기는 힘들거든요. 집에 뭐가 있는지 확인하고 장보기 목록을 적으면 쓸데없는 물건을 사지 않게 됩니다.

수업이나 취미 모임에 참석할 때는 아파트 단지에서 버스를 타는데, 버스 시각을 일일이 기억할 수 없으니 메모해서 잘 보이는 곳에 붙여둡니다.

↑

손수 만든 달력을 냉장고에 붙여둡니다.

수업 등의 일정은 전부 여기에 적어요.

↓

매년 만드는 그림엽서 달력.

그림을 바탕 종이에 붙이고 컬러 복사를 합니다.

수업 시간에 맞춰 도착하려면 몇 시 버스를 타야 하는지 찾아서 적어둡니다. 예를 들어 불경 필사는 10시에 시작하니 9시 45분 버스, 그림엽서는 1시에 시작하니 12시 41분 버스를 타야 하죠. 매번 시간을 확인하는 수고를 덜 수 있고 지각할 일도 없어요.

냉장고에 손수 만든 한 달짜리 달력을 붙여둡니다. 수업이나 취미 모임은 '셋째 화요일 ○시' 등 대부분 일정이 정해져 있어서 자연스럽게 기억하고 있지만 달력에 적어두면 좀 더 안심이 되지요.

병원 예약이나 청소 서비스 방문일, 자식들이 오는 날도 적어둡니다. 가장 눈에 띄는 곳에 붙여두니 일정을 잊어버릴 일이 없어요. 월말에 다음 달 달력을 만들면서 미리 일정을 적어두면 더 확실하게 기억할 수 있답니다.

음식 재료를 낭비하지 않으려고 냉동하는 일이 많은데, 이때도 재료 이름과 날짜를 라벨에 적어서 붙여둔답니다. 거기에다 날짜까지 적어두면 낭비가 훨씬 줄어들어요. 라벨은 요리 중에도 꺼낼 수 있도록 부엌 수납장에 넣어놨어요.

냉장고에 넣을 때도 가능한 투명 용기에 담아서 내용물을 바로 확인할 수 있어요.

부엌 한편에 칠판을 걸어두고
버스 시각이나 요리 관련 메모 등을 붙여둡니다.

식욕이 줄어들다 보니 영양소를 충분히 섭취하고 있는지 신경 쓰입니다. 그래서 식사 메뉴도 메모한답니다.

오랫동안 직접 칸을 나눈 노트에 가계부를 적어왔는데 거기에 메뉴도 같이 적어둡니다. 식사를 마치자마자 잊어버리기 전에 기록하는데, 뭘 먹었는지 메뉴를 간단하게 적는 거예요.

하루에 모든 영양소를 섭취하기는 어려우니 일주일 단위로 계획을 세웁니다. 가끔 이 메모를 읽어보며 '이번 주는 단백질이 부족하니까 생선이나 고기를 먹어야겠다'는 생각이 들면 의식적으로 개선하지요.

	大根とクリームチーズ				[illegible]	
13日 [illegible]	14日	(月)[illegible]	15日	(火)[illegible]	16日	(水)[illegible]
	220	14.130	760	14.890	1500	16.390
	620	8.390	350	8.740	810	9.550
		3,000		3,000	11,000	14,000
		0		0	16.410	16.410
		0		0		0
	1,000	5,500		5,500		5,500
	1.840	31,020	1,110	32,130	29.720	61.850
スムージー ゆで玉子	スムージー リンゴ	ゆで玉子 味噌汁	スムージー リンゴ	ゆで玉子	スムージー トマト	ゆで玉子
	御飯 煮込みハンバーグ 味噌汁 高菜漬け		御飯 豚肉 シラタキ スキヤキ風 高菜漬け		ピザ パスタ ラザニア ハーブティ	
湯豆腐 アジ酢メ	湯豆腐 アジ酢メ		湯豆腐 豚肉 ブロッコリー マヨネーズ		湯豆腐 アジ酢メ	

가계부에 그날 먹은 세끼 식사를 적어둡니다.
이 페이지의 저녁 식사는 매일 온두부네요.

이처럼 메모하는 습관이 갈수록 떨어지는 기억력을 보충해준답니다.

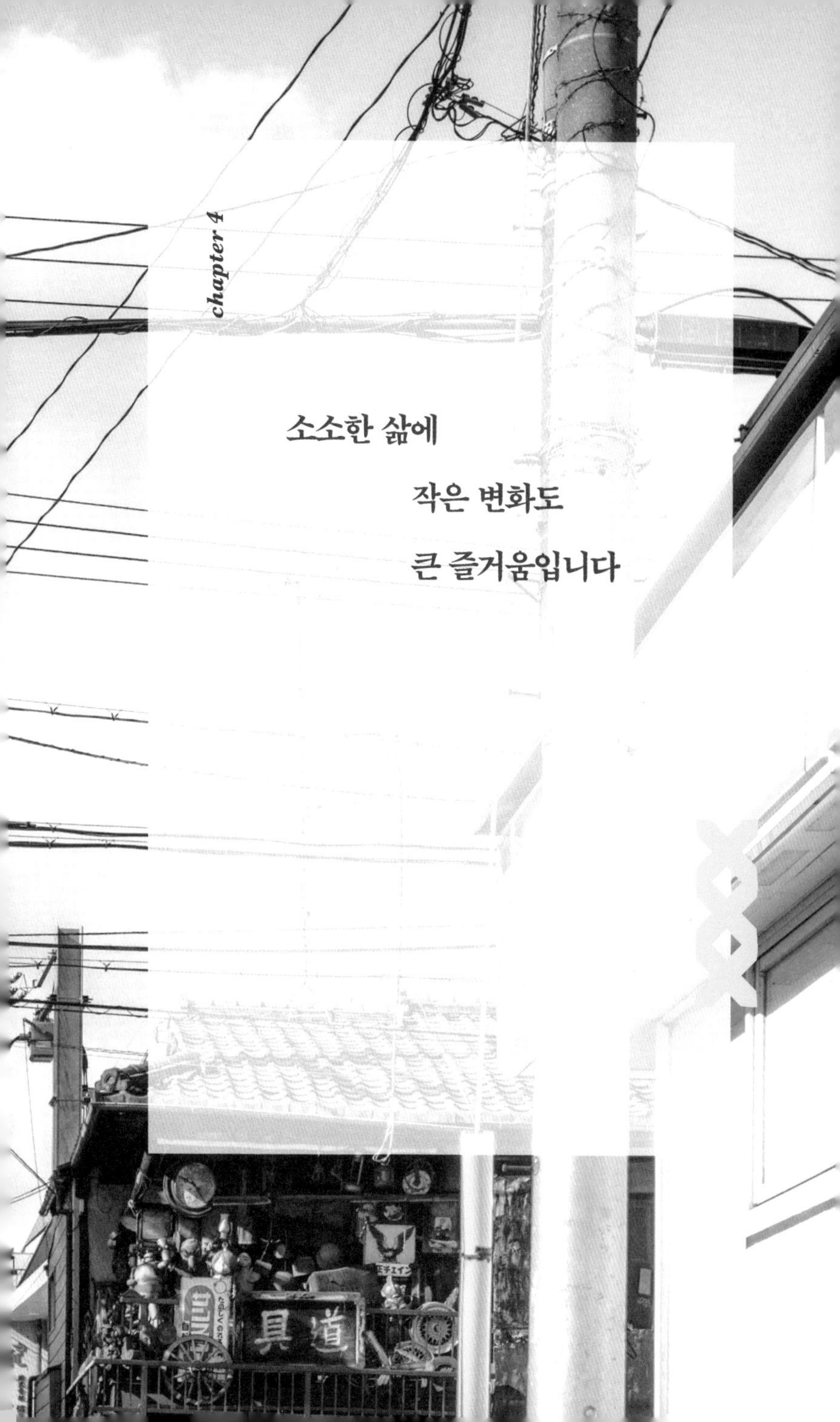

chapter 4

소소한 삶에 작은 변화도 큰 즐거움입니다

오래된 천 조각도
제 몫을 톡톡히 합니다

대가족 틈에서 자라서인지 남들보다 더 혼자 사는 삶을 꿈꿨습니다. 고등학교를 졸업할 때 독립하고 싶다고 아버지께 말씀드렸더니 오사카에서 회사를 경영하는 작은아버지께 편지를 보내보라고 하셨지요.

작은아버지께 편지를 써서 보냈는데, "뭔가 기술을 익히지 않으면 고용할 수 없다"는 답장이 돌아왔습니다. 그래서 1년 동안 전문학교에 다니며 영어와 일본어 타자 자격증을 취득했어요.

작은아버지의 회사에 입사한 첫해는 작은아버지 댁에서 하숙하며 지내다 그 후에 드디어 바라고 바라던 독립을 했어요. 하지만 1950년대에는 지금처럼 원룸이 많지 않아서 오래된 집의 방 하나를 빌리는 정도였어요.

서랍장에는 다기 등을 보관합니다.
전화기에 덮어둔 천과 그 밑에 깔린 천은
둘 다 교토의 골동품 시장에서 산 거예요.

1층에는 중학교 선생님 일가, 2층에는 집주인 할머니와 제가 살았어요. 화장실과 부엌은 할머니와 함께 썼답니다. 냉장고도 없던 시절이었어요. 낡고 좁았지만, 나만의 성이 생겼다는 생각에 무척 기뻤습니다. 세 평짜리 방을 어떻게 꾸밀지 고민하는 것이 또 하나의 즐거움이었어요.

지금 사는 집도 좁지만 나름대로 편안한 공간으로 꾸미기를 즐겼어요. 젊은 시절에는 가구 위치도 자주 바꿨답니다.

서랍에 들어 있는 물건을 꺼내면 혼자서도 옮길 수 있으니 아이들이 학교에 간 사이에 후다닥 가구 배치를 바꾸곤 했지요. 지금은 무거운 물건을 옮길 수 없어서 가구 위치는 바꾸지 않아요.

인테리어도 그릇 취향과 비슷하게 일본 고유의 분위기를 좋아해요. 골동품 가게에서 오래된 천을 사서 전화기 덮개로 쓰고 있어요. 손쉽게 집 안 분위기를 바꿀 수 있는 천은 훌륭한 인테리어 소품이랍니다.

하지만 집은 좁고 가족도 많아서 물건이 넘쳐났어요. 세상을 떠난 남편의 물건을 정리하면서 집 안을 점검했지요.

집 정리가 거의 끝나갈 무렵, 근처의 무척 좋아하는 골동품 가게에서 서랍을 새로 사서 들였어요. 항상 가게를 둘러보기만 했는데 이 서랍은 보자마자 느낌이 와서 덜컥 사버

렸답니다.

골동품은 특유의 분위기가 있지요. 이 서랍을 집에 들이자 드디어 제가 좋아하는 분위기의 차분한 인테리어가 완성됐어요. 이 오래된 집에 딱 맞아떨어져 더할 나위 없죠. 집에 있는 시간이 더 즐거워졌답니다.

서랍을 사러 같이 갔던 맏아들은 "엄마가 먼저 가면 이 서랍은 내가 가질게"라고 하더군요. 다음 세대가 물려받아서 앞으로도 이 서랍이 오래 쓰이면 좋겠어요.

길가에 핀 꽃으로 창가에 계절을 들여놓습니다

꽃을 무척 좋아하지만 꽃집에서 사거나 하지는 않아요. 가격이 비싸기도 하지만 길가에 피어 있는 소박한 꽃을 더 좋아하죠. 제가 관리하는 아파트 단지의 화단, 아침마다 걷는 길가에 피어 있는 꽃을 꺾어 오거나, 베란다에서 키우는 채소에 피는 꽃과 잎을 활용해서 집 안을 장식한답니다.

가장 마음에 드는 장식은 거실 창가에 놓아둔 긴 의자예요. 창과 같은 높이라 마치 내닫이창이 생긴 느낌이랍니다. 줄곧 내닫이창을 동경하며 마음에 드는 장식장을 찾다가 딱 맞는 긴 의자를 발견했습니다.

그 위에 작은 병과 들꽃, 푸른 나뭇잎을 놓으면 인테리어 포인트가 된답니다. 조미료나 잼이 들어 있던 병 등 자잘한 용기에 꽃을 꽂아서 여러 개 장식하는 것을 좋아해요.

불단에도 매일 꽃을 놓아두고 물을 갈아주지요. 불단의 꽃도 따로 사지 않고 화단에서 키우는 꽃을 꺾어 장식해요. 화장실이나 방 이곳저곳도 소소하게 꽃으로 꾸민답니다.

아파트 단지 뒤편에 있는 화단은 관리사무소의 허가를 받고 제 전용 화단으로 쓰고 있어요. 외출 일정이 없는 날은 주로 오전에 화단을 관리하지요. 잡초를 뽑고 새로 씨를 뿌리기도 하고요. 흙과 식물을 접하면 마음이 편안해져요.

화단 일에 쓰는 삽과 가위, 비료, 쓰레기봉투 등은 전용 바구니에 따로 넣어둡니다. 필요한 도구를 한곳에 모아두면 빼먹을 일이 없어요. 이 바구니와 함께 작은 의자도 챙깁니다. 오래 쭈그리고 앉아 있으면 너무 힘드니 의자에 앉아서 일해요.

주로 제철 꽃을 심지만 바질 등 요리에 넣는 허브 종류도 키운답니다.

오랫동안 그림엽서를 그려왔는데 계절을 표현하는 것을 좋아해서 꽃이나 채소, 과일 등 실물을 보며 그림을 그립니다. 그래서 자연스럽게 화단이나 길가에 핀 꽃, 나뭇잎 색 등 계절에 따라 달라지는 주변을 관찰하게 됐어요.

자연을 민감하게 느끼면 삶이 더욱 풍요로워집니다.

창가에 긴 의자를 놓아서 내닫이창처럼 꾸몄어요.
큰 꽃병보다 작은 꽃병에 조금씩 꽂아서
장식하는 것을 좋아해요. 들꽃이 주인공이지요.

아파트 단지 뒤편에 있는 화단.
의자에 앉으면 1시간 이상 작업할 수 있어요.
50년 전에 산 대바구니에
도구와 비료 등을 넣어둔답니다.
세월이 흘러 대바구니가
갈색으로 변했어요.

화장실에도 꽃을 장식하는데,
화단에서 키우는 백일홍이랍니다.

책 읽는 즐거움,
하루가 완벽해집니다

어릴 때부터 책 읽기를 좋아했어요.

미스터리를 좋아해서 아가사 크리스티의 포와로 시리즈는 거의 다 읽었어요. 그리고 같은 영국 출신 작가이자 엘리자베스 여왕의 전속 기수였던 딕 프랜시스도 좋아해서 소설 속 주인공과 사랑에 빠지기도 했죠.

책이 있으면 얼마든지 시간을 보낼 수 있답니다. 코로나19로 마음대로 외출하지 못할 때도 전혀 힘들지 않았어요. 밤에 잠들기 전 침대에서 책 읽는 시간이 가장 행복해요.

미스터리는 대부분 읽었어요. 불경 필사 모임 동료 중에 독서를 좋아하는 친구가 주로 중고 서점에서 책을 사는데 다 읽고 나면 쇼핑백에 가득 담아서 건네준답니다. 감사히 받아서 가리지 않고 전부 다 읽어요.

다른 사람이 고른 처음 접하는 작가의 책을 읽는 즐거움이 있어요. 도바 슌이치(堂場瞬一), 이시다 이라(石田衣良) 등 다른 사람을 통해 좋아하게 된 작가가 많답니다.

"전부 100엔(약 천 원)으로 산 책이니까 다 읽으면 버려도 돼"라고 친구는 말했지만 저는 봉투에 담아 라디오 체조에서 만나는 사람에게 줍니다. 그 사람도 "다 읽은 책을 건네고 싶은 사람을 찾았다"고 하더군요. 이게 바로 선순환이지요.

주로 도서관에서 빌리는데 소장하고 싶은 책은 서점에서 사기도 해요. 한 달에 대략 6~7권 정도는 읽는답니다.

읽은 책을 잊지 않으려고 날짜, 제목, 저자명을 적은 독서 기록을 남깁니다. 감상까지 적지는 않아요. 가끔 '이 책은 읽은 것 같은데'라는 생각이 들면 독서 기록을 확인합니다. 그러면 역시 두 번째 읽는 책인 경우도 있어요. 하지만 같은 책을 다시 만났다는 사실에 감사하며 끝까지 읽죠.

잡지도 무척 좋아해서 서점에서 마음에 드는 것을 사기도 해요. 자식들이 어릴 때는 외출을 자주 하지 않고 책을 친구 삼아 지냈어요. 그때는 『생활의 수첩』(종합 생활잡지)을 정기구독하기도 했어요. 지금은 『생활의 수첩』, 『쿠네루』(중년 대상 라이프 스타일 잡지), 『천연생활』(라이프 스타일 잡지) 등

침실 입구에 놓인 책장은
남편이 주말 DIY 수업에서 만든 거예요.
모아둔 책은 요리나 라이프 스타일 관련 서적,
잡지가 대부분이에요.
종종 꺼내서 다시 읽어본답니다.

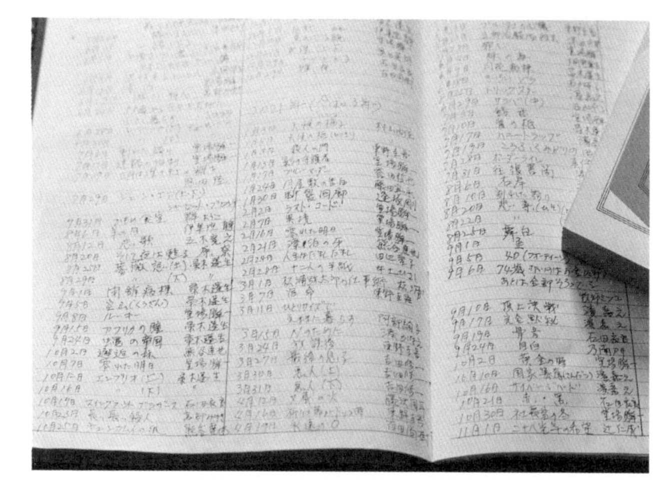

↑

친구에게 받은 책은 붙박이장에 넣어두고
쭉쭉 읽어나갑니다. 다 읽고 나면 또 다른 사람에게 넘기지요.

↓

독서 기록. 다 읽은 날짜와 제목, 저자명만 적어둡니다.
한 달에 6~7권은 읽는 듯해요. 대부분 소설이에요.

을 그때그때 골라서 읽어요.

멋진 사진 속의 인테리어나 요리 기사를 참고하기도 하지요. 디자이너 시마다 준코(島田順子)의 라이프 스타일과 감각을 좋아해서 그녀가 나오는 잡지를 사기도 해요.

요리책도 좋아합니다. 레시피대로 만들지는 않지만 아이디어를 참고하거든요.

요리 연구가 아리모토 요코(有元葉子)의 팬이라 그릇을 고르는 방법이나 음식 담는 법을 따라 해요. 무코다 쿠니코(向田邦子)를 무척 좋아해서 그녀의 소설은 거의 다 읽었어요. 『무코다 쿠니코의 수제 요리』는 정말 좋아하는 책이에요. 지금도 책장에 꽂아두고 종종 꺼내 읽는답니다.

집에서 가장 가까운 역에 있던 서점이 없어졌어요. 백화점에서 장을 보려고 큰 역에 갈 때면 반드시 서점에 들릅니다. 일단 짐이 가벼울 때는 먼저 서점에 들렀다가 백화점 지하에서 장을 보는 것이 정해진 코스예요. 서점에 가면 너무 즐거워서 시간 가는 줄 몰라요.

하지만 오래 책을 읽으면 눈이 아파요. 안과에서 안구 건조 방지 안약을 처방받아 책 읽는 틈틈이 눈에 넣어요. 안약을 넣으면 뻑뻑함이 가셔서 편하게 책을 읽을 수 있지요.

서두르지 않고 천천히,
바느질은 나만의 힐링 시간

어릴 때부터 바느질을 좋아했어요. 재봉틀은 쓸 줄 몰라서 뭐든 손바느질을 해요.

집 꾸미기에 즐겨 사용하는 소품은 몰라(mola)입니다. 중미에 있는 파나마의 산블라스제도 원주민 쿠나족 사이에서 전해 내려오는 수공예 직물이에요. 화려한 색감과 소박한 디자인이 매력적이죠. 다양한 색상의 천을 겹겹이 쌓고 도안에 맞춰서 순서대로 천을 잘라내면 밑에 있던 천의 색상이 드러나는 방식의 자수랍니다.

맏아들이 고등학생이었을 때 학부모 모임에서 만난 동급생의 엄마가 무척 예쁜 몰라 자수 가방을 들고 있었어요. 첫눈에 반해서 딱히 취미 클래스를 운영하지도 않는 그분께 1년 동안 특별히 배웠지요.

수험생 아이 때문에 쉬다가 몇 년 후에 "본격적으로 클래스를 운영하기로 했어요"라는 연락을 받고 다시 수업을 듣게 됐어요. 오랫동안 배우면서 작품도 많이 만들었지만, 그분이 일흔 살에 세상을 떠나신 이후로 수업도 없어졌죠.

제가 예순 살이었을 때였는데, '충분히 많이 만들었다'는 생각에 더 이상 몰라를 배우지 않았어요. 작품은 대부분 언니 동생들과 조카에게 주었어요. 지금 남아 있는 작품은 집에 장식해둔 것이 전부예요. 30년이 지났지만 여전히 마음에 쏙 든답니다.

지금은 컵 받침을 자주 만들어요. 버리기 아까운 천 조각이 많아서 그걸 살릴 수 있는 소품을 만드는 거예요.

처음에는 냄비 받침을 만들었는데 어느 날 조카가 "이렇게 예쁜 컵 받침을 팔더라고요"라며 선물을 주길래 거기에서 힌트를 얻어 지금의 컵 받침을 만들게 되었어요.

작은 천 네다섯 종류를 조합해서 앞부분을 만들고 뒷부분은 천 한 장으로 처리하지요. 12센티 크기의 사각형 컵 받침인데, 직접 만든 패턴에 맞춰서 천을 자르고 한땀 한땀 바느질하다 보면 어느새 완성되어 있어요. 테두리는 따로 마감하지 않고 그대로 둡니다. 실이나 천의 색상을 조합하는 과정이 즐거워요.

차를 마실 때는 물론이고 꽃병 밑에 깔아두면 멋진 분위기를 연출할 수 있어요. 제가 좋아하는 들꽃과 컵 받침의 소박한 분위기가 잘 어울리거든요.

코로나19 이후로는 마스크도 직접 만들기 시작했어요. 주로 집에 있는 오래된 손수건으로 만들어요. 컵 받침처럼 집에 있는 천 조각을 조합해서 만든 마스크도 있어요. 근처의 재활용 센터에서 값싼 천 조각을 사 오기도 합니다.

버림받은 작은 천 조각에 다시 생명을 불어넣는 것도 직접 만드는 즐거움 중에 하나예요. 컵 받침이든 마스크든 일상에서 '쓸 수 있는 물건'을 만드는 보람이 있죠.

주로 저녁을 먹고 나서 바느질을 해요. TV를 보면서 2시간 정도 짬짬이 하는 바느질은 나만의 힐링 시간이죠. 손을 움직이며 작품이 완성되어 가는 것을 보는 기쁨이 크답니다. 마감 기한이 있는 것도 아니니 서두르지 않고 천천히 바느질하는 시간을 즐깁니다.

↑
몰라 작품은 사람들에게 대부분 나눠줘서 몇 개 안 남았어요.
남은 작품들을 집 안에 장식해두고 즐긴답니다.

↓
현관에도 몰라 작품을 장식했어요. 가운데 놓인 병은 멕시코산입니다.

↑

실을 담은 동그란 수납통은 직접 만들었어요.

다양한 색상의 실과 천을 조합하며 컵 받침을 만드는 것이 즐거워요.

↓

수제 마스크. 우유팩으로 만든 패턴에 맞춰서 천 조각을 자르고

테두리를 바느질해서 간단하게 뚝딱 만든 마스크예요.

집 안에서 세계와 소통할 수 있습니다

코로나19 지원금으로 10만 엔(약 100만 원)이 나왔을 때 기계를 잘 다루는 맏아들이 "집에 있는 시간이 길어질 테니 스마트 TV를 사지 그래요?"라더군요.

'지금 보는 TV가 낡기는 했지만, 아직 고장은 안 났는데'라는 생각에 처음에는 망설였지만, 기능을 들어보니 조작하기 쉬워서 고령자가 쓰기에 편리할 것 같았지요. '저금해버리면 경제가 순환되지 않으니 이 돈은 써야겠다'는 방향으로 마음이 바뀌었어요.

스마트 TV는 인터넷에 연결해서 유튜브도 쉽게 볼 수 있답니다.

음성 지원이 가능한 기기는 리모컨에 대고 말하기만 해도 작동되니 아주 편리합니다.

스마트 TV
리모컨에 대고
말하면 유튜브 동영상을
검색할 수 있어요.

손으로 조작하기는 어렵지만 말로는 편하게 조작할 수 있을 것 같아서 맏아들에게 설정해달라고 부탁했어요. 손자는 유튜브 보는 방법을 알려줬어요.

TV 프로그램도 쉽게 녹화할 수 있어서 좋아하는 옛날 영화를 자주 본답니다.

젊었을 때부터 미국 배우 캐서린 헵번을 좋아했어요. 주연을 맡은 영화 〈여정〉은 몇 번을 봐도 좋은 영화예요.

〈사브리나〉, 〈레베카〉, 〈레 미제라블〉, 명탐정 포와로나 형사 콜롬보 시리즈도 봤답니다.

〈빨강 머리 앤〉(동명 소설을 원작으로 한 캐나다의 TV 드라마)과 〈두근거리는 취미!〉(다양한 취미 생활을 소개하는 TV 프로그램), 〈세계를 걷다〉(여행자의 시선으로 세계의 거리를 걷는

오래 애용한 아이패드.
손가락으로 화면을 터치하는 방식이 매우 편리합니다.
지금 쓰는 기종은 두께가 얇고 가벼워서 손에 들고 사용하기에도 좋아요.

TV 프로그램)는 꼭 녹화해두었다가 즐겨 봅니다. 스마트 TV 덕분에 혼자만의 시간을 더욱 즐길 수 있게 됐어요.

아이패드도 7~8년 전부터 사용하고 있어요. 이것도

맏아들이 "휴대전화보다 화면이 크고 사진도 찍을 수 있어서 편리해"라고 추천해줘서 쓰기 시작했답니다. 지금 사용하고 있는 것은 3년 전쯤에 바꾼 거예요.

들꽃과 풍경, 가족사진 등을 아이패드로 찍어서 저장해둡니다. 아이패드를 사용하면 사진 관리를 따로 할 필요도 없고 다시 보기도 편하답니다.

오래 사용해서 조작하는 방법에도 익숙해요. 게다가 화면이 커서 더할 나위 없어요. 이걸로 마작 게임도 자주 한답니다.

요즘은 둘째 아들 부자(父子)와 아이패드로 '원격 저녁 식사'를 즐깁니다.

저녁 6시가 되면 라인으로 걸려 오는 전화를 영상 통화로 바꾸지요. 각자 집에서 화면으로 얼굴을 보며 저녁을 먹어요.

혼자 사는 저를 걱정하는 둘째 아들이 생각한 아이디어인데, 저도 아들과 손자가 어떻게 사는지 걱정되던 터라 서로 딱 좋답니다.

특별히 대화를 많이 하지는 않지만 두 사람의 얼굴을 보면 '오늘 하루도 잘 지냈구나'라는 생각에 마음이 놓입니다. 제가 있다는 사실을 잊은 듯 TV에 나오는 야구 중계에 집중하기도 하고, 화면에서 사라진 후 "네가 먼저 씻어"라는 아들의 목소리가 들리기도 합니다. 둘 다 제 존재를 잊고 편하게 행동하는데, 오히려 그래서 좋답니다.

편리한 전자기기는 젊은 사람들의 전유물이라고 생각했는데, 고령자에게도 도움이 된다는 사실을 깨달았어요. 전자기기 덕분에 생활이 편리해지고 풍요로워졌지요.

하지만 휴대전화를 사용하는 것은 여전히 익숙하지 않아요. 자주 사용하지 않으니 가지고 다니지도 않고요. 말하자면 휴대전화를 방치해두고 있는 셈이죠. 휴대전화보다 주로 집 전화기를 사용합니다.

87세에도
나만의 스타일을 가꿉니다

옷을 잘 입는 언니의 영향을 받아 젊은 시절부터 패션을 즐겼어요.

저는 여든 살에 귀를 뚫었어요.

"귀를 뚫으면 운명이 바뀐다"는 말도 있는데, 사실 말도 안 되는 이야기지요. 귀에는 항상 귀찌를 했어요. "패션의 완성은 귀고리"라고 생각하거든요. 하지만 귀찌는 쉽게 잃어버려서 고민이었지요.

그 이야기를 우연히 취미반 친구에게 털어놓았더니 "그럼 귀를 뚫어봐"라고 제안하더군요. 오랫동안 귀고리를 애용해온 그 친구에게 병원을 소개받고 저도 과감하게 귀를 뚫었죠.

귀고리 뒷부분에 귀찌처럼
고정하는 장식이 없어서
깔끔해 보여요.
유리구슬 목걸이는 화려해서
마음에 들어요.

하지만 귀고리도 옷에 걸려서 자주 잃어버리게 되더군요. 걸리적거리지 않는 깔끔한 디자인의 귀고리는 없는지 친구에게 물어보니 "당연히 있지"라며 알려줬어요.

그때부터 잘 빠지지 않는 후크형 귀고리를 애용해요. 잘 때나 목욕할 때도 항상 하고 있으니 잃어버릴 일이 없지요. 40일에 한 번 파마를 하러 미용실에 갈 때만 귀고리를 빼 둔답니다.

신변을 정리하면서 그릇은 많이 줄였지만, 옷은 좀처럼 줄일 수가 없어요. 마음에 드는 옷은 오래 입는 편이랍니다.

몰라 수업에서 만난 친구는 직접 옷을 만들어 입었어요. 수작업 계열의 취미 수강생들은 일상적으로 뭐든 직접 만드는 것을 즐기는 사람들이 많아요.

그 친구가 만들어준 옷은 지금도 여전히 잘 입고 다녀요. 저는 남염(藍染)이나 가스리(絣, 미리 따로 염색해둔 날실과 씨실로 천을 짜서 문양을 내는 직물 기법)를 좋아해서 마음에 드는 원단을 발견하면 사서 친구에게 맡겼어요. 그러면 친구가 멋진 옷을 만들어줬답니다.

세상에 단 하나뿐인 나만의 옷. 입으면 입을수록 몸에 꼭 맞고 색이 바래도 나름대로 매력적이에요. 앞으로도 소중히 입을 거예요.

항상 다니는 고령자 커뮤니티의 기모노 리폼 교실에도 참석합니다.

근처 재활용 상점에서 한 장에 100~200엔 정도로 살 수 있는 낡은 기모노를 활용해서 원피스, 투피스, 치마 등을 만들어요. 재봉틀은 쓸 줄 모르니 전부 손바느질입니다.

옷을 만들어주던 친구와 비교하면 갈 길이 한참 멀었지만 "내가 만들었다"는 기쁨이 있어요.

친구가 만들어준 옷.
왼쪽과 가운데 옷은 니트 등에 받쳐서 튜닉처럼 입는답니다.
오른쪽 옷은 라쿠고(落語, 해학적인 이야기를 풀어나가는
일본의 독특한 전통 예능)를 보러 갈 때 입어요.

집이 좁아서 화장대가 따로 없어요.
화장품이나 화장 도구는 이 상자에 넣어서
복도에 놔두고 상자를 통째로 가져가서
사용합니다.

↑

기모노 리폼 교실에서 만든 옷.

사실 거의 입지 않았어요. 완성했다는 것에 만족한답니다.

↓

50~60대 때 다니던 니트 수업에서 만든 작품.

오른쪽 투피스는 아들 결혼식 때 입었어요.

코로나19로 좀처럼 외출을 못 했지만, 밖에서 식사할 기회가 조금씩 늘어나기 시작했어요. 그럴 때는 좋아하는 옷을 입고 목걸이도 하고 평소보다 조금 더 꾸민답니다.

나를 꾸미면 마음이 즐거워져요.

10년 동안 쓴 일기, 가끔 추억을 되돌아봅니다

30년쯤 전부터 '10년 일기'를 쓰고 있어요.

속마음을 털어놓는 일기가 아니라 그날 있었던 일을 기록하는 것이 좋겠다는 생각에 서점에서 지금 쓰고 있는 일기장을 찾아냈지요. 하루 분량은 세 줄 정도이고 한 페이지에 같은 날짜의 10년치 분량을 적을 수 있도록 칸이 나누어져 있어요. 줄곧 같은 노트를 쓰고 있는데, 벌써 세 권째랍니다.

항상 저녁을 먹고 5분 정도 일기를 써요. 가끔 '그게 언제였지?'라고 예전 일기를 들춰보기도 하지요. '이때 이런 일이 있었구나'라고 과거의 기록을 읽으면서 추억에 젖기도 합니다. 이 10년 일기의 빈칸에 독서 기록을 적어둡니다.

요즘 예전 일기를 읽고 있어요. 재밌어서 나도 모르게

빠져들다 보면 잠드는 시간이 늦어지기도 하지요. 평범한 일과이지만 오히려 그래서 더 재밌어요.

이 나이가 되니 자신이 걸어온 길을 천천히 되돌아보는 것도 좋더군요. 일기 쓰기를 잘한 것 같아요.

"이날은 ○○ 씨랑 만났구나", "그러고 보니 ××에 가기도 했지. 그 가게에서 먹은 메뉴는……" 이렇게 기억을 되짚어보면 뇌가 활성화되는 느낌이에요.

그리고 '기록장'이라는 스크랩북도 만들었어요. 여행지에서 받은 팸플릿, 미술관이나 영화관 등의 입장권, 기차나 비행기 표, 맛집 명함 등을 버리지 않고 붙여둔 노트예요.

간단하게 붙여두기만 하는 것이라 10년 넘게 해올 수 있었죠. 이것도 벌써 세 권째에 접어들었어요. 언제 누구랑 갔는지 메모해두면 나중에 다시 봤을 때 추억이 새록새록 떠오르죠.

종이류는 보관하기가 쉽지 않아서 노트 한 권에 정리해두면 편하답니다.

사진은 앨범에 정리했지만, 남편이 세상을 떠나고 집을 정리할 때 과감하게 앨범도 처분하기로 했어요. 많은 앨범을 정리하면서 필요한 사진과 필요 없는 사진을 분류했지요.

비슷한 사진은 한 장만 남기기, 풍경만 찍은 사진과

세 권째 쓰고 있는 10년 일기.
쓰고 싶은 내용이 있을 때는 길게 쓰기도 합니다.
"날씨가 맑았다", "보름달이 예뻤다"
등 날씨만 써놓은 날도 있어요.
'피곤하다' 같은 부정적인 내용은 쓰지 않아요.

표정이 썩 좋지 않은 사진은 처분하기, 이런 기준을 마련해서 사진을 줄여나갔어요. 처음에는 좀처럼 줄어들지 않아서 몇 번이고 확인했답니다.

그리고 보관할 사진이 구두 상자 하나 분량이 됐을 때, '이 정도는 남겨둬야겠다'는 생각이 들어서 정리를 마쳤어요. 이 정도 분량이면 보관하기도 편하고 보고 싶을 때 상자를 꺼내서 쉽게 볼 수 있으니까요.

지금은 사진을 아이패드로 촬영하기 때문에 자리도 차지하지 않고 바로 볼 수 있어서 편리하답니다.

↑

기록을 위한 노트. 방문한 장소에서 받은 것들을 붙여둡니다. 식당의 젓가락 봉투도 붙여놨어요. 이것도 다시 들춰보는 재미가 있답니다.

↓

앨범을 정리하고 사진은 이 상자에 들어갈 만큼만 남겨두었어요. 사진은 유튜브 영상을 찍어주는 손자의 시치고산(七五三, 3세, 5세 남아와 3세, 7세 여아가 부모와 함께 신사 참배를 하는 풍습) 때 모습입니다.

R=2200

chapter 5

너무 가깝지도,
너무 멀지도 않게

딱 적당한 거리

너무 깊이 관여하지 않고 그저 만나서 좋은 가족

어릴 때 저는 어머니 뒤에 숨어서 인사도 제대로 못 할 만큼 수줍음이 많은 아이였어요. 집에서도 언니들과 수다조차 떨지 않을 정도로 말이 없었죠.

중학교에 입학했을 때 동급생이 먼저 말을 걸어주었는데, 그 일을 계기로 차츰 친구들과 사귈 수 있었어요. 회사에 다닐 때는 입을 다물고 일할 수는 없으니 자연스럽게 동료들과 이야기를 나누게 되었지요.

저는 지금도 여전히 낯을 많이 가리는 편이에요. 사람들과 어울릴 때도 먼저 말을 건네거나 화젯거리를 꺼내지는 못해요. 항상 이야기를 듣는 편이지요.

하지만 사람들을 좋아한답니다. 특히 친한 사람을 소중히 여겨요. 취미 수업 등 참여하는 곳이 많아서 친구들도 많은 편이에요. 하지만 사람들을 얕고 넓게 사귀는 편이랍니다.

항상 같이 다니는 사람은 없어요. 정해진 시간에 정해진 장소에서 만나 좋은 시간을 보내는 것으로 만족해요. 그리고 집으로 돌아가면 혼자만의 시간을 즐기지요. 기본적으로 뭐든 혼자 하기 때문에 이 정도 관계가 딱 좋아요.

남들이 저에 대해 깊이 파고드는 것을 싫어하는 만큼 저도 남에게 깊이 파고들지 않아요. 선을 넘지 않는 것이 편한 관계를 이어갈 수 있는 비결이라고 생각합니다.

일대일로 만나는 일은 거의 없고 대부분 수업에서 그룹으로 만나죠. 취미 수업에서는 다행히 마음 맞는 사람들을 만났어요. 제가 원해서 참석한 수업에서는 잘 어울리는 편이에요. 하지만 썩 내키지 않는데도 다른 사람을 따라간 수업에서는 잘 어울리지 못하기도 해요.

진짜 좋아하는 일이라면 함께하는 사람들과도 마음이 맞는 법이지요.

나이가 어려도
친구처럼 선생님처럼

저는 먼저 적극적으로 나서서 이야깃거리를 꺼내기보다 주로 이야기를 듣는 편이에요. 원래 이야기 듣는 것을 좋아하기도 하죠.

뭐든 주로 혼자 하는 것을 즐기기 때문에 사람들을 만나는 자리는 귀중한 정보를 얻을 수 있는 기회이기도 합니다. 다른 사람들에게 많은 것을 배우죠.

'모든 사람이 내 선생님이다'라는 마음가짐으로 대하고 있어요. 나이는 전혀 상관없어요. 같은 연배의 친구들이 거의 없으니 지금은 여덟 살 어린 여동생 세대의 사람들과 친하게 지낸답니다. 나보다 어리지만 모두 배울 점이 많은 든든한 친구들입니다. 제가 가르치려 하다가는 오히려 창피를 당할지도 몰라요.

친구가 알려준 나무 쟁반.
차분한 다크 브라운 색상이 그릇을 돋보이게 합니다.

얼마 전에 이런 일이 있었어요.

요즘 검지 발톱이 더 이상 자라지 않고 뭉툭해지더라고요. 취미 수업을 같이 듣는 친구와 통화하던 중에 우연히 이 이야기를 했는데 "그거 무좀이야. 피부과에 가봐"라고 알려줬어요.

건강 정보는 주변 친구들에게 얻는 경우가 많아요.

다른 사람들이 추천해준 것은 일단 시도해보는 편이에요. 좋은 것은 바로 따라 하죠.

지금 식탁에 두고 미니 식탁보 대신 쓰는 나무 트레이도 친구가 집에서 쓰는 것을 보고 '예쁘다'고 생각해서 따라 산 거예요. 가게를 알려달라고 해서 곧장 사러 갔지요. 지금은 없어서는 안 되는 아이템이 됐답니다. 제가 집에서 쓰는 것을 보고 맏아들, 둘째 아들, 여동생이 "나도 가지고 싶어"라고 해서 가족들 몫까지 샀답니다.

젊은 사람들에게는 젊은 감각을 다양하게 배울 수 있어요. 나이 어린 사람들이 "미치코 씨는 젊어요"라고 하면 "너희가 친하게 대해줘서 젊게 살 수 있는 거야"라고 대답합니다.

고등학생인 손자도 제 선생님이에요. 이따금 의견이 맞지 않아 다투기도 하지만 유튜브 관련 정보나 최신 유행 등 제가 모르는 것을 많이 알려주죠. 일흔 살 넘게 나이 차이가 나는 손자이지만 아이 취급을 하지 않고 대등한 인격체로 대하고 있어요.

80세,
혼자 여행을 떠났습니다

다른 사람의 이야기를 들을 때가 많기는 하지만, 어디 가자는 제안은 제가 먼저 적극적으로 하는 편이에요. 혼자 다니는 것을 좋아하는 편이라 누군가가 어디에 가자고 먼저 말을 걸어주기를 기다리지 않아요.

취미 수업도 가고 싶다는 생각이 들면 곧장 행동으로 옮기지요. 그림엽서도 시민 센터의 작품전을 보고 멋지다는 생각이 들어서 배우기 시작했어요. 대표자의 연락처를 메모하고 그날 밤 바로 전화를 걸어서 견학 날짜를 정했지요.

저는 '바로 행동에 옮기는' 편이랍니다. 가슴에 열정이 가득할 때 바로 전화를 거는 거예요.

고령자 커뮤니티의 불경 필사도 제가 하고 싶어서 선생님께 부탁드려서 수업을 만들었어요. 그렇게 사람들이 모였고 비록 지금은 선생님이 안 계시지만 여전히 다 함께 모여 즐겁게 불경 필사를 하고 있어요.

여행도 먼저 어디를 가자고 제안해서 함께 갈 수 있는 사람과 떠나요. 사람들이 의외로 먼저 권해주기를 기다리더군요.

50대 때는 휴일에 친구와 함께 당일치기 여행도 자주 갔어요. 청춘 18(2,410엔으로 하루 동안 JR 보통열차와 고속열차를 무제한으로 이용할 수 있는 티켓) 티켓으로 나가노현까지 다녀오기도 했지요. 1박으로 집을 비울 수 없는 사람도 당일치기 여행은 쉽게 갈 수 있어서 좋답니다.

남편을 먼저 떠나보내고 1주기가 지났을 때의 일이에요. 여든 살이 된 기념으로 영국의 코츠월드 패키지 여행에 혼자 다녀왔습니다.

지역 광고지에서 정보를 발견하자마자 곧장 전화를 걸어서 설명회를 예약했어요. 가즈오 이시구로(일본계 영국인 소설가)의 소설과 이가타 게이코(일본의 작가 겸 저널리스트)의 수필에 등장하는 영국 시골에 '언젠가 가보고 싶다'고 생각했거든요.

설명회에서 이야기를 들어보니 적은 인원으로 영국 시골을 자세히 안내해주는 투어였어요. 마침 제가 바라던 여

영국의 코츠월드에서 패키지 여행 참가자들과 함께 찍은 사진.
뒷줄 왼쪽에서 세 번째가 저예요.
오래된 거리가 펼쳐진 아름다운 곳이었어요.

행이었지요. 더 나이를 먹으면 해외여행이 버거워질 테니 마지막으로 여행을 떠난다는 생각에 가슴이 뛰었어요.

친척과 친구에게도 같이 가자고 말했지만 좀처럼 가겠다는 사람이 나타나지 않아서 과감하게 혼자 참가하기로 했답니다.

막상 떠나보니 저 말고도 혼자 온 사람이 있어서 함께 방을 쓰며 친해졌어요.

같이 갈 사람이 없어서 가고 싶은 곳에 못 간 적은 없어요. 일단 가서 친구를 사귀면 되니까요. 친구를 사귀지 못하더라도 여행의 목적인 영국의 시골, B&B, 펍을 즐길 수 있다면 만족스러운 여행이지요.

코츠월드 여행은 아주 만족스러웠어요. 소수 정예로 떠나는 여행이어서 참가자끼리 친해질 수 있었지요. '이제 해외여행은 안 가도 되겠다'는 생각이 들 만큼 무척 소중한 추억이었어요.

혼자 여행을 떠나면 불안하지만 저는 호기심이 불안감을 밀어내는 편이에요. 일단 뛰어들면 생각지도 못한 새로운 세계가 펼쳐지니까요.

완벽함에 집착하지 않고 적당히도 괜찮습니다

저의 친정은 과일 도매상과 함께 소매점을 운영했어요. 어머니가 살아 계실 때는 직접 가게를 보셨지요. 상인 집안에서 자라 '손님이 왕이다'라는 생각이 머릿속에 뿌리 깊게 박혀 있어요.

그러다 보니 사람을 싫어하거나 가리지 않게 되었습니다.

하지만 제가 싫어하는 것은 아닌데 '나를 싫어하나?'라는 생각이 드는 사람들을 종종 만나게 됩니다. 당연히 모든 사람에게 사랑받을 수는 없지요. 어떤 일이든 완벽할 수는 없어요. 50~60퍼센트 정도만 성공해도 잘된 편이라고 하지요. 저는 인간관계도 똑같다고 생각해요.

예순다섯 살 때 다녔던 요리학교에도 저를 괴롭히는

젊은 여자 동급생이 있었어요. '나를 싫어하는구나'라는 생각이 들었지만 더 이상 고민하지 않았지요. 저는 공부하러 왔을 뿐이니 신경 쓸 필요 없었던 거예요.

이웃 중에 저를 싫어하는 듯한 사람이 두 명 정도 있었어요. 밖에서 만나면 코앞에서 나를 피해 다른 골목으로 가버리기도 했지요. 그래서 저도 굳이 다가가지는 않았지만, 만나면 반드시 인사는 했어요.

문제를 피하지 않는 성격이라 도망치거나 외면하지는 않아요. 몇 년 동안 인사를 계속했더니 결국 상대방이 포기하더군요. 지금은 길가에 서서 가볍게 수다를 떠는 사이가 됐어요. 저의 끈기에 두 손 두 발 다 든 것 같아요.

중학교와 고등학교에 걸쳐 6년 동안 다닌 미션 스쿨에서 불렀던 찬송가와 성경도 제게 큰 영향을 미쳤어요.

"오른빰을 맞으면 왼빰을 대라"는 가르침이 인상 깊었지요. 당시에는 학생이었기에 '그건 좀 어렵지 않나'라고 생각했어요.

하지만 어른이 되어서 다른 사람에게 친절을 베풀지 못하는 사람은 불쌍한 사람이라는 사실을 깨달았지요. 복수가 아니라 친절을 되돌려주면 상대방도 마음을 연다는 뜻인 것 같아요.

이즈의 초밥집에 지역에 거주하는
작가가 만든 물고기 오브제가
장식되어 있었는데, 패턴을 받아서
같은 것을 직접 만들었어요.

어릴 때부터 마녀를 좋아했어요.
요코하마의 모토마치에 있는 마녀 굿즈
전문점에서 산 마녀는 액운을 막아줄 것
같아 현관에 둔답니다.

저도 사람인지라 잘 안 맞는다는 생각이 들 때도 있어요. 하지만 그 사람에게 맞추면 다툴 일이 없어요. 상대방의 말을 듣고 나하고 의견이 달라도 부정하지 않지요. 내가 자기 이야기를 부정하면 실망할 테니까요.

게다가 워낙 듣는 것을 좋아해서 다른 사람의 이야기를 듣는 것이 전혀 힘들지 않아요. 그렇게 이야기를 들어주다 친해지기도 하지요.

사람들과 함께하면 많은 것을 배운답니다. '모든 사람이 내 선생님이다'라는 마음가짐은 좋은 일뿐 아니라 나쁜 일에서도 마찬가지예요. 못된 말을 들으면 '이런 말을 하면 상처받는구나'라는 깨달음을 얻을 수 있으니까요.

각자의 삶,
아주 가끔 만나도 좋습니다

아이들을 키울 때 저의 육아 신조가 하나 있었어요. '아이의 발목을 잡지 말자'는 것입니다.

아이들을 일찍부터 독립적으로 키우려고 했어요. 아들들은 초등학생 무렵부터 혼자 목욕했어요. 그때부터 과도한 신체 접촉은 피했지요.

공부는 남편이 챙긴다고 해서 전혀 간섭하지 않았어요. 다만 식사만큼은 제대로 챙겼어요. 맏아들은 대학원에 다닐 때도 도시락을 가지고 다녔지요. 그래서 항상 식사와 도시락 메뉴를 고민했어요.

딸과 맏아들은 취직하면서 독립했어요. 둘째 아들은 대학교 때부터 하숙을 했고, 지금은 혼자 아들을 키우며 살고 있어요. 우여곡절을 거쳐 각자의 힘으로 살아가고 있답니다.

둘째 아들과 손자가 오면 지라시즈시(따뜻한 밥 위에
해산물을 올린 초밥)를 자주 만들어요. 유튜브에
처음 올린 것도 지라시즈시 만드는 영상이었지요.
간은 역시 달콤한 편입니다.

자식들이 결혼하고 나서는 제가 먼저 참견하는 법이 없습니다. 일단 아들 둘은 '며느리에게 줬다'고 생각해요.

손주는 귀엽지만 제가 먼저 연락하지는 않습니다. 손주가 먼저 "운동회 보러 오실래요?"라고 연락했을 때는 기쁜 마음으로 보러 갔지요.

친구 관계처럼 가족에게도 너무 깊이 관여하지 않아요. 물론 힘들 때는 서로 돕자고 이야기하지요.

맏며느리가 둘째 아이를 가졌을 때 절박조산 징후를 보여서 입원했어요. 그때는 맏아들의 부탁으로 정년퇴직한 남편과 함께 도치기에 있는 맏아들의 집에 갔지요.

맏아들은 회사에 가야 하니 제가 식사를 준비하고 손주를 유치원에 보냈어요. 손주를 데려오는 길에 며느리가 입원한 병원에 들렀고요. 손주가 병실에서 엄마와 사이좋게 노는 동안, 피곤했던 저는 병원 대기실에서 푹 잤지요.

3개월 정도 맏아들의 집에서 지낸 덕분에 손주와 친해지게 되어서 기뻤어요.

둘째 아들이 혼자가 됐을 때는 지바를 오가며 집안일을 도왔어요. 원래 자기 이야기를 잘 안 하는 둘째 아들이지만 이혼해서 혼자 아들을 키우게 된 과정과 회사에서도 쓰러질 만큼 힘들었다는 사연을 듣고 도저히 가만히 있을 수가 없었지요. 한창 예민한 시기에 엄마의 자리가 비어버린 손자를 돕고 싶은 마음도 있었고요. 한 달에 절반 정도 요리와 청소를 돕기 위해 둘째 아들의 집을 오갔습니다.

둘째 아들이 이혼하기 전에는 여름방학과 설날 정도에만 손자를 만났어요. 지금처럼 손자와 친해진 것은 최근 몇 년 동안 노력한 결과이지요. 10대가 되고부터 친하게 지내서 더 대등한 관계가 될 수 있었다고 생각해요.

지금은 두 사람의 생활이 안정되어 가고 있어요. 아무래도 제 체력이 따라주지 못하다 보니, 2주에 한 번 정도 둘째 아들과 손자가 저의 집에 오죠.

혼자 먹을 때는 소식을 하지만 아들과 손자가 왔을 때는 햄버그 스테이크나 카레 등을 만들어요. 같이 먹으면 저도 영양을 보충할 수 있어서 좋답니다. 평소에는 각자 자기 삶을 꾸려가다가 가끔 만나는 정도가 딱 좋아요.

딸은 제가 낳지는 않았지만 지금은 무척 사이가 좋답니다. 어려운 시기도 있었지만 서서히 친해졌어요. 남편을 돌볼 때도 자주 찾아왔어요. "제가 있을 테니까 엄마는 장을 보고 오세요"라고 먼저 챙겨주며 많은 도움을 주었죠. 지금은 딸의 나이도 꽤 지긋해서 무척 든든하답니다.

chapter 6

집도, 재산도 없지만 행복하게 살았습니다

많이 가지지는 못해도
원하는 삶을 살았습니다

지금 아파트 단지에 살게 된 지 벌써 55년째 되었어요. 줄곧 임대로 살아왔지요.

장사하는 집안에서 태어난 덕분에 좋은 시절도 힘든 시절도 두루 경험했답니다. 힘든 시절에는 먹을 것이 없을 정도였어요. 참 다사다난한 세월이었죠.

돈이 얼마나 무서운지 누구보다 잘 알기에 절대 빚을 지지는 않아요. '수중에 있는 돈으로 어떻게든 꾸려가자'는 마음가짐으로 살아왔지요.

집을 사야겠다는 생각은 단 한 번도 해본 적이 없어요. 주변 사람들은 모두 자기 집을 가지고 있어요. 1920년대부터 1980년대까지는 "자기 집이 있어야 한 사람 몫을 하는 어른이다"라는 풍조도 있었지요. 하지만 장기주택융자를 받고 융자금을 갚느라 돈에 쫓기며 살고 싶지 않았어요.

남편은 "집을 지을까?"라고 말했지만, "여기가 좋아요. 집은 필요 없어요"라고 대답했지요.

빚지지 않는다, 재산도 지니지 않는다, 돈은 아이들 교육에 쓴다, 이것이 제 신념이었지요.

도심에서 떨어진 아파트 단지는 무엇보다 집값이 싸서 좋았어요. 임대 아파트는 부담이 없어서 마음이 편해요.

아파트 단지는 설비가 망가지면 수리해주니 관리하기도 편합니다. 욕실은 10년이 지났을 때 최신 제품으로 교체되었어요. 집세가 3천 엔(약 3만 원) 올랐지만, 샤워기가 달린 제품을 고를 수 있었지요. 1970년대의 일이랍니다. 무척 편리해서 좋아했던 기억이 나네요. 그 후에 화장실도 비데로 바뀌었지요.

내 집이 아니니 제가 죽고 나서 유산 상속 때문에 자식들이 싸울 일도 없어요.

자식들은 각자 주택융자를 받아서 집을 지었지만, 그 점에 대해서는 참견하지 않았어요.

하지만 둘째 아들과 손자에게는 "작은 아파트가 더 편리하단다"라고 말했지요. 그러자 진짜로 주택에 살다 아파트 단지로 이사하더라고요. 넓은 주택에 두 사람이 살 때는 외로워 보였지만, 지금은 서로의 얼굴을 볼 수 있는 아파트 단지에서 티격태격하며 사이좋게 살고 있답니다.

일상생활을 할 때도 허투루 돈을 쓰지 않으려고 주의합니다. 남편이 평생 회사원이었기에 호화로운 생활을 할 수 없었어요. 돈은 제가 관리했는데, 아낄 수 있는 부분에서는 제대로 아꼈죠.

이왕 쓸 거면 음식처럼 좋아하는 곳에 쓰는 편이 낫다고 생각했어요. 하지만 저는 항상 서민적인 요리만 만들어서 고급 재료를 살 일이 없었어요. 좋아하는 옷이나 취미, 여행 등에 쓸 돈도 이리저리 궁리해서 마련했지요.

돈을 써야 할 곳과 절약할 곳을 확실히 정해두고 그것을 꼼꼼히 지키면서 지금까지 가계를 꾸려왔답니다.

65년 동안 쓴 가계부
온전한 삶이 담겨 있습니다

오사카에서 자취 생활을 하던 스물두 살 무렵, 고등학교 동창이 내 집에서 한 달 동안 함께 생활한 적이 있어요.

영양사였던 꼼꼼하고 어른스러운 친구의 눈에는 제가 어리숙해 보였는지 한 달 동안 요리, 가계부 쓰기 등 기본적인 생활의 지혜를 제대로 가르쳐줬어요. 냄비로 밥하는 방법도 그 친구에게 배웠답니다. 그때부터 65년 동안 꾸준히 가계부를 쓰고 있어요.

가계부는 제 나름대로 더 좋게 고쳐보다가 결혼 후에 종이를 갈아 끼울 수 있는 루스리프(loose leaf) 방식에 정착했답니다. 무척 쉬운 방식이라 계속할 수 있었던 것 같아요.

가계부 말고 현금 출납장도 따로 있어요. 현금 출납장은 가게별로 장을 본 금액만 적는 거예요. 장을 보면 바로 적고 영수증은 버립니다. 그리고 하루를 마칠 때 현금 출납장의 금액을 식비, 잡비 등의 항목별로 정리해서 가계부에 옮겨 적어요.

그날 쓴 금액은 그날 기록하는 것이야말로 가계부를 계속 쓰는 비결이라고 생각해요. 영수증이 없으면 다음 날 무엇을 샀는지 잊어버리거든요.

가계부 항목은 너무 세세하지 않게 식비, 잡비, 회비, 특별비, 인출 5가지로 나눴어요. 회비 항목은 취미 등에 사용하는 비용, 백화점 적립금 등이에요. 특별비는 손주들에게 주는 용돈, 자식들이 집에 왔을 때 건네는 기름값 등이지요. 인출은 집세나 수도세, 전기료, 통신비 등 계좌에서 빠져나가는 돈입니다.

가계부는 노트를 펼쳤을 때 16일 분량을 기록할 수 있도록 직접 선을 그었어요. 한 달을 총 4페이지로 깔끔하게 정리하는 것이죠.

한 칸의 왼쪽에는 오늘의 지출 금액, 오른쪽에는 월초부터 오늘까지 지출한 금액의 합계를 적어요. 오늘 쓴 돈과 이번 달에 쓴 돈을 한눈에 볼 수 있죠. 이렇게 해두면 매일 '이번 달은 돈을 너무 많이 썼네', '이번 달은 좀 더 써도 되겠다'는 식으로 월별 금액을 파악할 수 있어요.

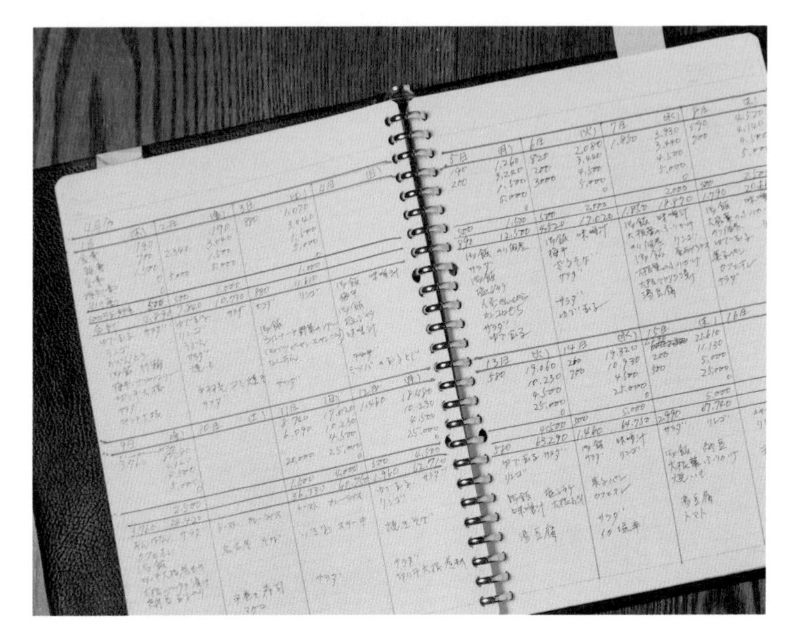

직접 만든 가계부.
1페이지에 8일, 펼쳐진 2페이지가 16일 분량입니다.
한 칸에 그날 지출한 금액과 이번 달의 지출 총액을 적어서
돈을 낭비하는 일이 없도록 합니다.

가끔 신용카드로 계산하기도 해요. 끝부분에 신용카드 전용 페이지를 만들어서 빨간 펜으로 날짜와 구매한 물건, 금액을 적어둡니다. 이렇게 하나하나 가계부에 적어두면 돈을 어디에 썼는지 잊어버릴 일이 없어요.

그래도 '이번 달에는 왜 이렇게 돈을 많이 썼지?'라는 생각이 들 때가 있어요. 그럴 때 가계부를 다시 보면 계획에

없는 돈을 쓸데없는 곳에 쓴 경우가 대부분이랍니다. 가계부를 펼쳐서 눈으로 확인하면 '아, 그걸 사서 돈이 없구나'라고 확인할 수 있지요.

자신이 돈을 어디에 썼는지 알고 있으면 불안하지 않아요. 어디에 썼는지도 모르게 돈이 줄었을 때 마음이 불안해지죠.

작년의 같은 시기와 비교해볼 때가 있어서 작년 가계부만 보관해둡니다. 루스리프가 너무 무거워지지 않도록 작년 가계부는 연말에 처분합니다.

나를 떠나보내는 남겨진 사람들의 방식

남편의 장례식은 집에서 가족장으로 치렀어요. 제단도 만들지 않아서 22만 엔(약 220만 원)으로 충분했지요.

예전에 신문에 실린 가족장에 관한 기사를 보고 '장례식을 한다면 이렇게 하는 것이 좋겠다'는 생각으로 스크랩해 두었어요. 그 기사를 장의사에게 보여줬더니 "물론 가능합니다. 이런 계획은 어떠세요?"라고 제안하더군요.

하지만 처음에 장의사가 제안한 것은 다양한 옵션이 포함되어 있어서 더 비쌌답니다. 그러자 딸이 장의사에게 "어머니는 앞으로 혼자 살아야 하니 돈을 절약해야 합니다"라고 말했지요.

딸과 맏아들이 "집이 좁아서 제단을 놓을 수 없으니 빼주세요", "꽃과 사진은 직접 준비하겠습니다", "집에서 장례를 치르니 밤샘은 필요 없어요" 등등 불필요한 내용을 없애다 보니 22만 엔이 됐습니다.

딸은 남편이 세상을 떠나기 전에 이미 세 번 정도 장례식을 치러보면서 돈을 들이지 않는 방법을 터득했다고 합니다.

저와 자식들만 모인 완전한 가족장이었어요. 다른 사람들을 신경 쓰지 않고 다 함께 남편에 관한 추억을 나누며 시끌벅적하게 보내주었죠. 맏아들이 "얼굴을 덮은 천을 치우자"라며 천을 걷어냈는데, 남편의 얼굴은 마치 잠든 사람처럼 평온했습니다.

아직 초등학생이던 손주가 향이 꺼지지 않게 밤새도록 곁을 지켰던 일은 지금도 종종 본인이 이야기한답니다.

장례식에는 스님도 부르지 않았고 계명(戒名, 죽은 후에 붙이는 불교식 이름)도 없어요. 남편이 세상을 떠나기 전 규슈에 사는 시동생에게 "장례식에 스님을 부를까요?"라고 미리 물어봤어요. 그러자 "이쪽에 스님이 계시지만 그쪽까지 모시고 갈 수 없으니 부르지 않아도 될 것 같아요"라고 해서 제가 원하는 방식으로 진행했지요.

저의 언니와 동생들에게는 사십구일재가 끝나고 나서 알렸어요. 다들 나이가 많아서 비행기를 타고 오기가 힘드니 이렇게 하기 잘했다고 생각해요. 이런 부분에서도 돈이 들지 않았지요.

불단은 원래 돌아가신 시어머니 사진을 장식하고 싶어서 좁은 우리 집에 맞는 제품을 찾아 사둔 거예요. 작고 눈에 띄지 않는 디자인이라 마음에 든답니다. 불단이 작은 대신 남편 사진을 큰 것으로 골랐어요. 세상을 떠나기 일주일 전에 찍은 사진이랍니다. 무척 밝은 표정을 짓고 있어서 마음에 들어요.

"22만 엔으로 장례식을 치렀어요"라고 말하면 다들 깜짝 놀랍니다. 그중에는 "300만 엔(약 3천만 원) 들었어요"라고 말하는 사람도 있었지요. 떠나보내는 방법은 남겨진 사람들의 마음에 달려 있다고 생각합니다. 저도 남편처럼 돈을 들이지 않고 가족들만 모여서 조용히 보내줬으면 하는 바람입니다.

저는 무덤도 필요 없다고 생각해요. 바다에 뿌려줬으면 했지요.

하지만 맏아들이 "무덤이 없으면 가족 사이가 멀어져"라는 말을 하기에 고개를 끄덕였지요.

그래서 남편이 아직 살아 있을 때 "우리는 어디든 상

관없어. 너희가 성묘하고 싶은 곳을 찾으렴"이라고 자식들에게 말해뒀어요.

그러자 자식들이 바다가 보이는 산 위의 묘지를 골랐어요. 경치가 좋은 멋진 묘지랍니다.

자가용이 없으면 가기 힘든 곳이라 남편의 성묘 때는 자식들의 차를 타고 갑니다. 하지만 유골을 나누어 불단에도 보관하고 매일 인사하고 있으니 '너무 자주 갈 필요는 없겠지'라고 생각해요.

작아서 더욱 마음에 드는 불단.
미닫이문이 달려 있어요.
긴자에서 우연히 들른 전시회에서
발견했답니다.

무엇이든 남기지 않고 떠나려 합니다

남편이 세상을 떠난 이후로 줄곧 혼자 살고 있어요. 돈을 절약해야 한다는 생각으로 매달 들어오는 연금 내에서만 돈을 썼지요. 저금에는 손대지 않았어요.

하지만 80대 중반이 지난 요즘은 오히려 '돈을 써야겠다'는 생각을 하게 됐어요. 저세상에는 돈을 가지고 갈 수 없으니까요. 제대로 쓰고 죽고 싶다, 살아 있는 동안 더 즐겨야겠다, 장례식 비용만 남기면 충분하다, 저는 그렇게 생각한답니다.

죽고 나서 "고맙다"라는 말을 듣기보다 살아 있을 때 자식들이나 손주들을 기쁘게 해주고 싶어요. 생전에 증여한다는 마음으로 손자들에게 크리스마스나 입학식 때마다 목

돈을 주고 있지요.

지금은 2주에 한 번 정도 주말에 둘째 아들과 손자가 집에 놀러 옵니다. 함께 차를 타고 장을 보러 가는데, 혼자서는 들 수 없는 무거운 물건도 살 수 있어서 참 좋아요.

둘째 아들의 집은 제가 사는 집에서 차로 1시간 30분 정도 떨어져 있는 데다 주말에 소중한 시간을 쓰는 만큼 기름값과 수고비로 매번 2만 엔(약 20만 원)을 줍니다. 이렇게 하는 것이 저도 마음이 편해요.

손자에게는 유튜브 영상을 찍어주는 수고비로 가끔 2~3만 엔 정도씩 준답니다.

둘째 아들과 손자가 집에 올 때는 항상 평소보다 좋은

재료를 사기 위해 백화점에 가서 장을 봅니다. 나 혼자 먹을 때는 근처 마트에서 파는 저렴한 재료를 쓰지만 이때만큼은 비싼 재료를 아낌없이 삽니다.

둘째 아들과 손자가 집에 오면 한 끼 정도는 외식을 해요. 혼자서는 외식할 일이 거의 없으니 제게는 귀중한 기회이지요.

이런 지출이 있으면 연금만으로는 부족하지만, 저도 함께 즐기고 싶으니 과감하게 저금해둔 돈을 씁니다.

고령자 커뮤니티의 마작 교실은 오전부터 점심시간까지 이어지기 때문에 항상 도시락을 쌌어요. 하지만 요즘에는 도시락 싸기를 그만뒀지요. 근처의 장애인 시설에 계신 분들이 빵을 판매하러 오셔서 그걸 사 먹어요.

조금이라도 도움이 되고 싶다는 마음에 소소하게 돈을 쓰고 있지요. 게다가 빵이 싸고 맛있어서 좋아하게 됐어요.

돈을 다 쓰고 죽는 것이 가장 이상적이지만, 죽은 후에 돈이 남아도 자식들이 싸울 일이 없도록 대책을 세워뒀어요.

부동산이 없어서 남는 것은 현금뿐이랍니다. 우체국에서 추천받아 가입한 투자신탁 등은 전부 해약해서 현금으로 바꿔두었답니다.

chapter 7

늘 그래 왔듯이

지금을

즐기려 합니다

'어떻게든 되겠지',
내일은 또 다른 해가 뜹니다

지금까지 행복한 삶을 살았다고 생각해요.

어린 시절에 전쟁을 경험했고 이런저런 힘든 일도 많았지요. 평탄한 인생은 아니었어요. 하지만 저는 기본적으로 고민이 많은 사람이 아니랍니다.

언제나 긍정적으로 생각하는 편이지요. 인간관계가 잘 풀리지 않고 좋지 않을 때도 다른 사람을 탓하지 않고 좋은 교훈을 얻었다고 생각합니다.

어떤 일이든 이왕이면 억지로 하는 것이 아니라 즐기면서 하려고 노력했지요. 그래서 지금까지 살아온 인생에서 싫었던 부분은 없어요. "싫다고 생각하지 말아야지"라는 마음가짐으로 살아왔기 때문이지요.

캐서린 헵번을 좋아해서 사진집을 가지고 있어요.
자연스러우면서 세련되고 나이가 들어서도
아름다운 모습을 동경합니다.

결심한 순간 '바로 행동으로 옮기는 성향'이에요. 나중에 '그때 할걸 그랬어'라고 후회하기에는 인생이 너무 짧으니까요.

하고 싶은 일은 모두 이뤘어요. 안 될 것 같은 일은 빨리 포기했기 때문이지요. 그러니 원하던 모든 일이 100퍼센트 다 이루어졌다고 할 수 있어요.

저는 포기가 빠른 편이거든요. 집착하지 않아요.

결혼하기 전 회사에 다니던 시절에는 밤에 양재(洋裁) 학교에 다니기도 했어요. 처음에는 재밌었는데 지퍼 달기, 목둘레 마감, 주머니 달기 등 수업이 점점 어려워지자 도저히 따라갈 수 없었죠. 이건 나랑 맞지 않는다는 생각이 들자 3개월 만에 그만뒀어요.

지금도 재봉틀은 쓸 줄 모르고 옷도 지을 줄 모른답니다. 하지만 재능이 없어서 포기했다는 사실에 괴로워하지도 않고 신경 쓰지도 않아요. 재봉틀을 쓸 줄 모르면 손바느질을 하면 된다고 생각하지요. 애초에 대충 넘어가는 성격이라 그럴지도 모르겠네요.

앞으로 무슨 일이 일어날지에 대해서는 굳이 생각하지 않아요. 때가 되면 어떻게든 되겠지, 하는 생각으로 살아가죠. 실제로 항상 그렇게 되어왔고요. 그래서 지금도 미래의 일은 걱정하지 않아요. '어떻게든 되겠지'라는 마음가짐이지요.

그보다는 지금을 즐기고 싶어요. 매일 긍정적으로 살아야지요.

나이 드는 것이
오히려 기대되는 이유

저는 올해(2022년) 연말에 여든여덟 살이 됩니다. 3년 후에는 아흔 살이 되지요.

몸이 마음대로 움직여지지 않는 것이 느껴지니 나이를 먹었다는 사실이 피부로 와 닿아요. 하지만 나이는 어쩔 수 없으니 고민해도 소용없다고 생각합니다. "할 수 있는 일을 즐기자"는 것이 제 삶의 태도랍니다.

게다가 나이 드는 것이 조금 기대되기도 해요.

여성의 백발은 노화를 느끼는 기준이라는 말이 있지만, 저는 흰머리가 나기 시작했을 때부터 그다지 신경 쓰지 않았어요. 까만 머리가 옷과 안 어울린다는 생각이 들어 집에서 갈색으로 염색한 적은 있어도, 새치 염색을 한 적은 없답

정수리 부분의 머리를 살짝 꼬아서 핀으로 고정했어요.
벌써 몇 년째 이 머리 모양을 고수하고 있답니다.

니다.

요즘 일부러 새치 염색을 안 하는 그레이 헤어가 주목받고 있지요. 저는 이런 트렌드가 무척 마음에 들어요.

그레이 헤어를 가진 친구가 "화려한 색깔의 옷을 입어도 잘 어울려"라고 말하기에 더욱 부러워져서 저도 빨리 머리가 하얗게 세기를 바라고 있답니다. 몇 년 후면 그레이 헤어가 될지도 모른다는 생각이 들자 나이 드는 것이 오히려 기대되더군요.

핀으로 정수리 부분의 머리를 고정하는 헤어스타일은 사실 줄어든 머리숱을 감추기 위한 편법이랍니다. 나이가 들면서 정수리의 숱이 줄어들어 가발을 쓰는 친구도 있어요. 하지만 가발은 비싸지요. 게다가 스스로 이것저것 고민하며 주어진 범위 내에서 어떻게든 해결하는 과정이 즐거워요.

일명 '고모리 아줌마'라고 불리는 고모리 가즈코(일본의 영화평론가)를 좋아하다 보니 '그 머리 모양을 하면 되겠다!'는 아이디어가 떠올랐어요. 정수리 부분의 머리카락을 살짝 꼬아서 핀으로 고정하면 끝이랍니다. 미용실에 가면 이 부분의 머리카락만 길게 남겨달라고 부탁해요.

곱슬머리는 파마한 거예요. 제 머리카락은 좀처럼 정리가 잘 안 되어서 젊은 시절부터 고민거리였어요. 직접 핀컬 파마도 해봤지만, 이 파마 머리를 하고부터 딱히 관리하지 않아도 정리가 잘돼서 무척 편해요.

할 수 있는 일은 스스로 하되 도움은 감사히

다행히 아직 돌봄이 필요한 몸 상태는 아니에요. 가끔 구청 관리 부서의 담당자에게 전화가 걸려 오는데, "목소리를 들어보니 괜찮으신 것 같네요"라고 말하죠.

직접 밥을 차려 먹고 세탁기를 돌리고 청소도 하며 삶을 꾸려가고 있어요. 하지만 요즘은 청소가 버거워요. 가벼운 휴대용 청소기로 매일 청소하는데, 큰 청소기를 쓰면 허리가 아파요. 70대까지는 멀쩡했는데……. 그래서 작년부터 한 달에 두 번 청소 서비스를 받고 있어요.

원래 가사 노동이나 돌봄, 음식 재료 배달 등의 서비스를 제공하는 복지 클럽 생활 공동조합 회원이었어요. 남편을 간호할 때 청소 서비스를 부탁했지요. 남편이 세상을 떠난 뒤로는 이용하지 않았지만, 회비는 매달 300엔(약 3천 원)씩 꾸준히 낸 덕분에 다시 이용할 수 있었지요.

방이 깔끔해지는 정도면 충분해서 1시간만 이용합니다. 1시간에 약 1,300엔(약 1만 3천 원) 정도이니 큰 부담 없이 이용할 수 있어요. 큰 청소기로 바닥을 밀고 가벼운 걸레질 정도만 하면 되고, 시간이 남으면 현관 주변, 욕실, 화장실 청소도 부탁합니다.

같은 단지에 사는 분이면 좋겠다는 희망 사항을 전달했더니 74세의 멋진 분이 와주셨답니다. 첫날에는 청소하는 동안 제가 무척 좋아하는 사이먼 앤 가펑클의 '사운드 오브 사일런스'(The Sound of Silence, 영화 〈졸업〉의 OST)를 들으며 편히 쉬었어요.

콧노래를 부르자 그분도 허밍을 하셨지요. 둘이서 "이 노래 너무 좋지요"라며 유쾌하게 이야기를 나누다 의기투합했어요.

일도 잘해주시고 마음도 잘 맞아서 그분이 오는 날이 기다려진답니다.

그 밖에 지자체의 서비스를 활용하고 있어요. 오래 살아서 어떤 서비스를 받을 수 있는지 주변 사람들이 정보를 전해주지요.

독거노인 지원 접수처가 있어서 혼자 사는 데 큰 어려움이 없어요. 전구도 갈아주고 서랍장을 처리할 때 1층까지

침실. 침대 커버는 니트를 배울 때 남은 실로 짰답니다.
세 장을 이어서 한 장으로 만들었어요. 털실이라 무척 따뜻하답니다.
머리맡에는 책을 놓아둡니다.

옮겨주기도 해요.

인터넷 배선과 설정은 둘째 아들과 손자가 왔을 때 도움을 받았어요. 무거운 물건은 무리해서 사지 않고 차를 이용할 수 있을 때 삽니다.

스스로 할 수 있는 일은 직접 하지만, 힘들겠다 싶을 때는 무리하지 않고 다른 사람에게 부탁해요. 다치면 자식들에게 폐가 되니 조심하지요.

돌봄이 필요한 상태가 되더라도 재택 돌보미의 도움을 받으며 되도록 혼자 살아갈 생각이에요.

남편을 간호할 때 방문 진료부터 청소 서비스까지 외부의 힘을 빌리면 어떻게든 집에서 지낼 수 있다는 사실을 깨달았어요. 그래서 훗날 걱정 없이 '이 집에서 죽을 수 있겠다'고 생각했던 것이지요.

도움이 필요할 때는 감사히 받아야지요. 하루라도 더 오래 지금과 같은 생활을 하고 싶어요.

무미건조한 오트밀에
레몬식초 2큰술을 더한 하루

초판 1쇄 인쇄 2023년 1월 6일
초판 1쇄 발행 2023년 1월 20일

지은이 타라 미치코
옮긴이 김지혜
펴낸이 신경렬

상무 강용구
기획편집부 최장욱
마케팅 신동우
디자인 박현경
경영기획 김정숙 김태희
제작 유수경

편집 추지영

펴낸곳 ㈜더난콘텐츠그룹
출판등록 2011년 6월 2일 제2011–000158호
주소 04043 서울시 마포구 양화로 12길 16, 7층(서교동, 더난빌딩)
전화 (02)325-2525 | 팩스 (02)325-9007
이메일 book@thenanbiz.com | 홈페이지 www.thenanbiz.com

ISBN 979-11-978298-5-7 03830